背中の記憶

背影的記憶　目次

長島有里枝

背影的記憶

背中の記憶

走出JR惠比壽站剪票口，從平常一向目不斜視邁步向前的駒澤路，朝著上坡方向左轉。越是往上走，熱鬧的商街氛圍便越見淡薄，宣告著這條路正導向悄靜的住宅區。頭也不回的走過利用老公寓改建而獲得個性化外觀的Martin Margiela（譯註：比利時同名設計師開創的流行服飾品牌），我朝著一家舊書店走去。本應放在皮包裡的地圖，不知怎地落在家裡了。但是，我還是很樂觀的大步向前，認為應該馬上就能找到。然而最後，還是迷路了。二十幾歲時最得意的就是沒有地圖也能找到目的地，找路最重要是靠直覺，過了三十歲便每況愈下。近年，更是只能氣喘吁吁的虛弱自嘲：靠一己之力哪兒都到不了了。連過去熟悉的那條街，走岔了一條路就成了迷途羔羊，令我信心全失，懦弱的徬徨著要不要沿原路走回時，驀然覺得自己簡直像隻覓食的螞蟻，可笑之極。於是決定試試運氣，繼續往那條窄巷探索下去。

爬上主幹道，轉入一條小巷，找到的不是舊書店，而是間小小的派出所。與周圍街景不太協調的突兀建築，有如救世主降臨，令我心中一喜。好不容易找到了limArt，推開塗了白漆的厚重木門，比在店外想像還要寬敞許多的室內，閒散地擺著書，優雅的感覺幾乎不像間舊書店。藏書雖然略微嫌少，但店裡好像為心愛呵護的孩子穿衣般，都在書的封皮細心包了半透明的玻璃紙。入口附近排列了十幾冊書的封皮，則猶如美術品的展示。在我眼睛高度的書架上放著一本書，封面是一張敞開窗扉與蕾絲窗簾被外面的風吹得鼓漲起來的照片。我把剛收工的攝影背包從肩頭卸下，放在腳邊，拿起那本書來。上面用紅色的字寫著：The Art of Andrew Wyeth。原來不是攝影集，而是安德魯．魏斯展覽會的導覽手冊。隔著薄紙看著他的細密畫，簡直就像一張道地的照片。直到拿近臉部十五公分的地方，仔細注視那封面，才確定了它是張畫。第一本拿起的書就是魏斯，瞬間拉近了這家店與我的距離。我的意識終於飛進書中，自在悠游。

在第一次造訪的舊書店裡，遇到魏斯這種作家的書，就像在陌生土地上漫無目的的徘徊時，遇到兒時玩伴一般親切。以前，在青山的舊書店發現梅普索普的攝影集時，也像是與初戀情人偶然重逢的心情。第一次在塞松美術館（譯註：日本西武集團於池袋西武百貨店內開設的美術館）看見黑爾嘉系列（譯註：魏斯以隔壁家的看護黑爾嘉〔Helga〕為模特兒所畫的多達兩百四十幅畫作，繪畫時間在一九七一年到一九八六年），我還是個鄉下的高中女生。已是成人卻還綁著少女髮辮的黑爾嘉，悄悄站在冬日枯木後，望著積雪深厚的遠方。我被她的背影牢牢的吸住，無法動彈，踏在禁入的紅線邊，像要看穿似的盯著它瞧。一定是因為如此，同樣垂著兩條辮、深藍制服外搭駱駝色粗呢大衣的我才會記得魏斯。

我兀自站立著，一邊感受玻璃紙舒服的觸感，一邊翻閱那本沉重的導覽。他的畫大多是捕捉不經意瞬間的肖像，與他的筆觸給人恰成對照的印象。人物有女有男，有少年，有老人。幾乎所有模特兒的視線都望著遙遙的遠方，彷彿畫家不存在似的略過了他；或是用不知是正要眨眼，還是快睡著的半瞇眼睛，將視線落在腳邊。除了細密的筆法外，捨棄故作姿態的不自然，抓住瞬間表情的特點，也是它經常被誤認為照片的另一個原因。這本書裡有許多我沒看過的畫，但因為那狂熱發生在太久遠之前，所以也很可能是記憶被其他刺激的新照片或繪畫所覆蓋，以致忘了。這些畫如此恬靜安詳，但注視它時，不知為何心裡卻不太平靜。我隨意「唰、唰」的翻著頁面，但是一張黑爾嘉的畫都沒有，於是開始找些別的畫。那張俯趴在無垠草原上，讓強風吹亂頭髮的女子背影的畫，叫什麼名字呢？我再次從頭打開畫冊，這次仔細的一頁頁查找。那幅畫出現的剎那，模糊的記憶立時如同零碎的拼圖，一口氣組合起來。看到標題，我才想起它是幅極有名的畫，叫做《克莉絲汀娜的世界》。

魏斯描繪的女性背影，為什麼那麼打動我的心弦？現在回想起來，可能因為不論是克莉絲汀娜還是黑爾嘉，她們正是我對外婆的印象。國中三年級二月，我最愛的外婆過世了。對我來說，那是讓我措手不及，而且是人生中的第一次失親。她因胰臟癌末期住院不過半年，才年僅六十三歲，死神就硬生生從我懷中將她奪走了。不只是我，對母親、父親、祖父或叔叔而言，這同樣都是難以承受的打擊。那段時期，家人各自抱著無法排解的失落感消沉著。我那時正準備考高中，當大家都在傷痛的時刻，我卻得把面對哀傷的心情往後推遲，等到後來意識到時，已失去哀慟的時機了。看到外婆最疼愛的孫女，葬禮上一滴眼淚也沒掉，親戚們帶著少許惡意竊語道，這孩子真堅強，竟然都沒哭呢。其實，我根本不懂死亡的意義，更不了解失去重要的親人，未來會給自己多大的影響，所以哪來的悲傷呢。我只是個孩子啊。

外婆是家族中特立獨行的卓越女性。當我放下對母親滿滿的依戀，用孩子偶爾冷靜的眼光，檢視家族中所有人時，最有好感的就是外婆。她出生在素以「女人當家與落山風」聞名的群馬縣上州，因而也頗有當地女子的強悍作風。從小就是建築工頭家裡的獨生女，這又為她增添了幾分莽撞、不服輸的性格。

她的娘家在距高崎車站不遠的檜物町，宅邸寬闊，光是一樓就有二十四公尺寬。外曾祖父母膝下空虛多年，於是過繼了一名外婆的堂兄來當養子。那孩子服兵役那年，外曾祖母終於在四十歲生下期盼許久的孩子，那就是外婆。因為夫妻倆年紀已長，生下的又是女兒，所以外婆從小就在父親的溺愛下長大。偌大的家中有一間只擺羽子板、玩具刀的房間。那是野丫頭外婆把班上的同學叫來，玩刀劍武俠的地方。二樓的房間租給單身漢，家裡經常有建築工或力士等男人出入。此外，外曾祖母是和式裁縫的老師，學生和來做衣服的藝伎大姐們也經常上門。外婆在男男女女的大人包圍下，備受疼愛的長大。外曾祖母也許因為是建築工頭之妻，性格堅毅強韌，因而對女兒加倍嚴厲。若是外婆躺著看書，她就會拿和裁用的竹尺，打外婆的小腿。外婆總是用「爹如砂糖，娘似辣椒」來評斷外曾祖父母的人品。

我在三歲之前住在一間公寓裡，距離外公外婆在中野區上鷺宮的家只隔兩條街。母親結了婚、懷了孕，還是照樣過著回娘家吃晚飯的生活。我出生之後，白天也幾乎都在外婆家度過。即使搬到二房一廳的清瀨社區，即使弟弟出生，還是照著慣例，全家人回外婆家過週末。

外公平時在自己的燙金工廠工作，週末則到全國各地教授吟詩。外婆為了排遣寂寞，每星期都會把我們叫去。等我們進小學進中學之後，弟弟不再那麼勤走，但我對這種習慣絲毫不覺反感（雖然上了國二後，變成隔週去），在她住院屋裡沒人之前，我都還是照常去報到。

到上鷺宮的家過夜時，父母和弟弟睡二樓，我則是在一樓客廳擠在外公外婆的棉被裡睡。可能因為弟弟的關係，我沒有跟母親共枕的記憶，卻記得冬天時最喜歡把冷冰冰的腳丫插在外婆兩腿間，聽她說小時候的故事。外婆最拿手的故事，就是把外曾祖母耳提面命不能吃完、要給客人吃的糖果，分給附近的小孩（也許是太有趣，我每次都央著外婆說給我聽）。在甜點稀有的年代，外婆一看到外曾祖母端出來，就忍不住想向人炫耀，於是把大夥兒叫來，號令他們排成一列。我想像著那些穿著白罩衫、留妹妹頭的小丫頭，必恭必敬的貼到身邊，把手掌伸出來，等外婆把包著薄紙的糖果一手一顆放上去的光景。她會在盒子裡留下一顆，然後打開給母親看，一面說，你看，我可沒全吃完哦。這招小鬼頭的可愛狡猾手段，連一向嚴格的母親都沒罵過呢。外婆講到最後，總會有點得意的這麼說。一向把外曾祖母想像成完全與砂糖外曾祖父相反的我，最喜歡這故事結局裡外曾祖母慈祥的笑臉。在入睡前的微暗中，兒時的外婆被外曾祖母摸摸頭，得意又羞澀的笑了。

其他的故事，都是充分展現外婆野丫頭性格的小插曲。像是小學遠足在過鐵橋時，被男同學起鬨試膽，只有她一個人把背包對著橋下河裡丟的事。或是玩古裝武俠劇時，絕對不當被殺的角色。與男生吵架時，依仗自己是祭典主祭家的女兒，威脅「你別想碰到神轎」令對方屈服。她無所不用其極的，令周圍的小孩趴伏在自己腳下，即使是男孩也不例外。而這些故事對我來說，簡直比莎拉公主、穿長靴的皮皮或小甜甜更加痛快淋漓。

在家中子女多的時代，外婆卻是大人多的家裡唯一的小孩。不論是備受寵愛，還是嚴厲管教，都和周圍幾乎放牛吃草長大的孩子完全相反。外曾祖父對女兒的寵溺自不待言，周圍的大人也當她是師傅的寶貝獨生女，淨會討她歡心。外婆自己也明白這一點，才會神氣自得的對待別人吧。就像養在室內的小型犬般，認為自己可以與那些人平起平坐，到頭來也只不過是個愛裝大人、有點狂妄的小孩。看著外婆我行我素，對周圍頤指氣使的模樣，外曾祖母十分擔心。一想到外婆是個女子，更加大了她的憂慮吧。想必外曾祖母是考慮到不論她多麼得天獨厚的長大，不論得到多特別的禮遇，只要她是個女子，不久之後她就得離開父母身邊，服從婆家的規矩，生育子女。外曾祖母感受到不可能只有我家女兒逃過這些辛勞，所以才那麼擔心吧。外曾祖母的嚴格，在幼年的外婆眼中也許過分，但當她成為大人，自己當上母親之後，必定也察覺到外曾祖母對自己搏命產下的女兒，從心底擔心的母愛吧。

我所知道的外婆，雖然看上去從未有過不如意的時光，但與外公結婚後隨即進入戰時，而且戰後為了養育孩子，真的吃了不少苦頭。戰後，外公獨自回到東京，完成小學學業，旋即到燙金工廠工作。等生活步上軌道後，才把家人接過來。在那之前，外婆獨自留在務農的婆家，照顧兩個孩子。在糧食短缺的時代，當她發現婆婆偷偷把食物分給小姑家人時，不知是什麼心情。嫁人時帶過去的值錢嫁妝，全都在東京典當，出門時還得繞道避開賒了帳的米店。從小不曾向人低頭，也沒有接觸過他人歹意的外婆，對這種種遭遇儘管心驚膽跳，但因為討厭向別人示弱，她肯定表現得堅毅不屈吧。以她的脾氣，一定較與男生意氣相投。但已婚女子不允許擁有男性朋友。脾氣強悍，有陽剛味的外婆，又怎可能有可以談得來的女性朋友呢。事實上，女人一旦嫁了人，就根本不允許有回到故鄉探訪舊友、閒話家常的時間吧。

外公因個人興趣開始吟詩，不知何時竟然成了老師，母親出生成長的家，就如外婆兒時的家一樣，有許多年輕的學生進出。雖然不比娘家富裕，但自從外公有了自己的工廠之後，外婆即使在家，手邊的錢也足夠應付生活了。外公雖然也有不給孫女看的大男人一面，但對外婆還是以禮相待。外婆決定的家事，他從不過問。有潔癖的外婆，對外公學者性格、不拘小節、笨拙的收拾能力十分惱火，所以把外公的用品全都塞進一個房間，決定將那裡視為治外法權時，外公毫無怨言地默默接受了。

母親與外婆之間感情甚篤，外曾祖父早逝，外曾祖母過世後，母親就成了外婆的知己。母親與外婆每天早晚都要通電話。外婆只要打電話來，母親便走到廚房，抽著菸或是攪著飯鍋裡的晚飯講電話。有時電話也會轉給我聽，但外婆打給母親，就是想把小自當天的雞毛蒜皮，大到要商量的事件都說給母親聽吧。如果沒找到母親，外婆還會打電話到附近鄰居家找母親。年輕的時候，我們母女倆常吵架呢，母親說。我不論怎麼想，也想像不出兩人吵架的樣子。發現外婆激烈的性格時，心胸豁達的母親也許就停止抗拒了。小學遠足前一天，外婆連夜做了一件七分袖襯衫，但母親恃寵而嬌的說「想穿長袖」。外婆一氣之下，拿剪刀把剛做好的襯衫剪成碎布。母親嚇呆了，真心後悔自己說過的話。從小豐衣足食的外婆，就算沒有錢，也想把最好的（對她而言，最好的襯衫不是長袖，而是七分袖）給孩子，尤其是女兒。

外婆對我真的非常疼愛。但疼愛的方法乃是典型的祖母式。我還在母親肚子裡時，她就認定這長孫一定是女孩，清一色買的全是女孩款式。只要她看中意的衣服，即使是三歲幼兒穿的，她都一概買回來。婚前在百貨店上班的外婆，時尚眼光精準無比。我有張照片，是身穿黑白橫紋T恤配緊身裙、長筒襪，外面還套著男侍風格圍裙的外婆在追我。八〇年代，她穿著豹紋同款褲裝搭配金質腰鍊時，我大吃一驚。但那身勁裝正好襯托她修長的身材，令我驕傲極了。

外婆總想給我最好的東西。也許是樂於把女兒小時候家裡困窘而無法給的，全都給了我吧。幾乎每個星期，我們都到池袋的西武百貨去看新洋裝。外婆一點兒也不介意我還在喜愛玩具多過洋裝的年紀，選洋裝選膩的我，若是在家沒穿上她買給我的服裝，她就會不高興的用上州話說：哎呀，這孩子真掃興。因為從來也不問我想要什麼，就算有想要的禮物，外婆也給了我太多其他的禮物，所以我也沒法纏著鬧。不過我比較擔心的是能不能裝出開心的樣子，向外婆道謝。雖然她肯定是我算盡心機也應付不了的對手，但這無欲的性格，也許在外婆眼中看來是可嘉許的。

我對洋裝避之唯恐不及，但外婆好像推銷報紙的業務員，把一樣樣我沒有要求的有趣玩意兒擺在面前，抓住了我的心。而且在那種時候，外婆是把我當成一個成年人，而不是一個孩子。在外婆建議下開始學芭蕾的我，一到六歲，就被她帶去未就學兒童不可進入、不售兒童票的巴黎歌劇院，觀賞公演。銀座的懷石料理店、到大阪旅行時道頓堀的柏青哥店，都為我在外婆身邊設有專用席。我總是用側眼偷看外婆，學習那裡的禮儀。而且，不知是外婆的口頭禪，還是一時興起，她總是與我隔著微妙的間隔，用既非期待也非祈願的口吻，若無其事的對我說：要得第一哦。但我完全想不透，她到底是希望我何時、用什麼方法實現這承諾。

外婆經常帶我們外出，也許是因為自己太無聊，把我們叫去，卻又把她家裡搞得又髒又亂的關係。外婆潔癖很強，每天總要花一整個上午，用吸塵器把裡裡外外吸一遍，連櫥櫃上擺的一個個凱蒂貓存錢箱都不放過。但我們一到外婆家，不是把點心撒了一地，就是弄得塵土飛揚。喜愛動物的外婆曾說，她儘管收集凱蒂貓，卻沒辦法喜歡貓，這一定是因為她討厭家裡有動物的毛。看到我們星期天一大早就爬上棉被櫥，跳到鋪在草墊上的棉被，她就會皺起眉頭說：你們煩死了，快點回去。雖然她嘴裡罵罵咧咧，但我們從不會把外婆罵的話放在心上。反倒是外婆對我們孩子從不隱藏自己愛照顧人的另一面，其實是操控欲望比別人強一倍，還有現實無法如願以償時總是認真生氣的模樣，和光明正大的高潔態度，都給我不可思議的魅力。

五年級時搬家到埼玉縣。父親討厭租房子，買了社區裡的一戶。家裡霎時擴大了一倍，但轉校等環境變化對我造成負擔。新家讓我不安。以前父母睡在只有一扇拉門相隔的鄰室，連鼻息聲都聽得到。現在他們的臥室不但隔著門，還位在走廊末端的客廳後側。做了惡夢時，也無法跟睡在下層的弟弟手勾手。最痛苦的莫過於與自小一起長大的好友分別。我不知道該怎麼樣讓新團體接受我這個異鄉人，屢試屢敗，孤立無援。在家裡，在外面的世界，我都是第一次嘗到孤獨的滋味。只有在外婆家時一切如舊，有段時間，週末成了生活中唯一的樂趣。

從那時開始，我增加了獨自在外婆家過夜的天數。在外婆家的時候，幾乎所有時光都是在二樓度過的。二樓分為兩坪與一坪半的兩個房間，是遲遲未婚的舅舅在使用的。舅舅若是出門，我就從客廳跑上二樓。做臥室用的兩坪房間，天花板貼著泳裝女子的海報。舅舅常取笑我，你不認識阿格妮斯．蘭姆（譯註：原為夏威夷的華裔美人，一九七〇年代後期到日本發展走紅的女星）吧。櫃子上的小電視和天花板垂下來的螢光燈，都做了點小機關，躺著就能開關。三樓的房間有業餘玩家用的無線電器材和大書櫃，對孩子來說有點像是秘密基地的場所。我在那裡找到書，然後悠閒的躺在阿格妮斯・蘭姆海報下閱讀。書櫃裡有外婆為我選的《莎拉公主》、外婆的園藝書、舅舅的少年漫畫。我每星期會讀《莎拉公主》，翻翻外婆的花或狗圖鑑，數數書櫃威士忌瓶裡存滿到瓶嘴的一圓硬幣，偷偷把玩業餘無線電機器，最後再看當天心情，把舅舅的手塚治蟲全集拿起來看到不想看為止。外婆除了告知晚飯做好之外，幾乎從來不叫我，也不會上二樓探看。總是任我隨意享受單獨的時光，直到悶了、膩了自己下樓為止。這裡的時間與和弟弟同住屋簷下的日常生活，宛如兩個極端。也許外婆自己是獨生女，所以懂得獨處的美妙。我們倆在這件事上性情相投。

下了樓，背對大門往走廊走去，外婆不是在左手邊的廚房，就是右手邊的客廳。鋪著紅色油氈布的廚房，流理台對面只有一扇小窗，是個陽光照不到的寒冷房間。另一側的客廳則是有緣廊的明亮房間，而且正面對外婆精心打造的庭院。榻榻米上鋪著地毯，布置成西式的房間，但房裡放著小茶几，鋪著棉被，把它依舊當和室使用。房間最裡面有個鋪地板的房間，用來當做放書櫃的地方，還有台房裡家具中最為醒目的大型電視。外婆經常在離它兩公尺遠的前面挺身跪坐，抽著菸看NHK。外婆的右側，有扇很像在紙拉門的木框鑲著雕花玻璃的毛玻璃窗。滿溢的陽光，將她的背影立體的浮凸出來。若我從二樓下來喚她，外婆即會保持跪坐的腿，只把胸部以上轉過來，說聲「有冰淇淋哦」或是「有可爾必思哦」，隨即又轉回電視的方向。媽媽是個對所有事都要指手劃腳的人，所以，外婆的冷淡無心令我自在。我會去吃她叫我吃的冰淇淋，或是躺在地上，把放在入口電話桌旁、將廣告紙撕成八張用背面做的計算紙拿來畫畫。偶爾看看外婆的背影。她把外公拿回來的紀念品——加蓋的甜甜圈狀鋁菸灰缸，放進圓形的餅乾盒做成特製的菸灰缸，工整的放在跪坐的右腿邊。就像她常說孩子們一來，地上就有垃圾，一路撿著我們的頭髮和毛屑那樣，都是外婆才有的作風。她用右手夾著金色星星寫成7的Mild Seven，輕輕的用左手支撐身體，偶爾讓左或右腳鬆開一下。我注視著她腰部附近，歪了一邊、好似累了的圍裙蝴蝶結，注視著下方腳脖子長出長久生活在榻榻米上才有的暗紅、粗糙的胼胝，還有失去彈性、變得柔軟的手臂及手肘的皺紋，都會很想上前去摸一摸。還是小孩的我不存在那些現象，看起來好美。挺直的背脊、沾在香菸頭的口紅顏色、梳得一絲不亂的頭髮，令我聯想到與母親截然不同的女人。疏遠不讓人靠近的冷淡，和孩子般等別人叫喚的晚熟黏人同時並存。

那個夏天，除了我參加補習班的集訓外，全家人按照往例，與外公外婆，和剛喜獲麟兒的舅舅舅媽，到輕井澤度假。待一行人匆忙回來，聽到他們說外婆身體不太好，決定要做手術。但當時我和好不容易交上的朋友，正為我們好像有同樣的目標而高興，所以對那些話沒太放在心上。母親和父親口徑一致的說外婆沒問題，但那只是他們一廂情願的祈禱，把期望說出口就能成真的緣故。然而我無從得知這個心情，竟傻傻的相信了。那天，我去醫院探病，進房前的走廊邊，父親對我說，外婆的容貌變了很多，進屋之後一定得裝得跟平常一樣哦。我心裡升起一股異樣的感覺，但走進房間，看到外婆的模樣，才了解了一切。床上躺著形銷骨立、披頭散髮，因為嗎啡而在清醒與幻覺間穿梭、已不成人形的外婆。我如同以前看到外婆買給我許多洋裝，誇張得瞪大眼睛、歡欣喜悅般，竭盡所能表現得對惡兆視而不見。然後，找個上廁所的藉口走出病房，去到走廊尾端傳不到聲音的地方，壓著聲音哭泣。從此之後，我沒再去醫院。寫了一封信敘述準備考試如何忙碌、不能去看她很難過等云云，請母親轉交。外婆對人生的終點束手無策，只能無助的活著。那是我第一次看到人臨死前的模樣。那形容太過恐怖，以至我不敢在外婆臨終前待在她身邊，也沒有想到那樣做就算很痛苦，卻會成為外婆死後安慰自己的唯一方法。

外婆死後，我寫的信又從醫院回到我手上。信紙上渾圓的字跡連綴成浮躁的文章，那是相信外婆會康復而寫的，但也因為天真無知而更顯殘酷。外婆抱著什麼樣的心情看那封信呢？盲目瞎矇的相信她應該不會死的我，也許反而解救了她。但連病名都沒被告知的外婆，又是用什麼樣的心思回信給我呢？外婆唯一給我的回信裡，並沒有往常說的「要得第一哦」，只簡單的鼓勵正全心準備考試的我，要注意身體。

外婆過世後，有很長一段時間，我絕口不提她的名字，也對父母三緘其口，自己受到孩子氣想法的苛責──懷疑是不是自己沒去看她，才害她死了。我在心裡發誓，至少我要每天都想起她，絕不忘記她。雖然沒對任何人說，但每到夜裡，我就在自己房間裡沉浸在對外婆的思念之中。快樂的高中生活，也好像是用重要的寶物換來的，只讓沉重的悲傷更加明顯，我無心念書，世界好像完全走了樣，我已經不再是個孩子。

儘管每天日思夜想，外婆的影像還是漸漸稀薄起來。剛開始，外婆話語的細節、穿的衣服、髮型和眼鏡的式樣等變得朦朧，後來連她活動的身影，都無法在腦中清晰的重現。雖然聽得到她的聲音，但我的視野裡看不到她，只浮現出在棉被裡聽故事時注視的天花板小燈泡、緣廊毛玻璃的花紋。那些場景、這張面孔若能在心底記得更深刻點就好了，因為這個意念，我不知不覺拿起了照相機。外婆怎麼罵我，又是怎麼慈祥的看著我？當我連這些畫面都想不起來時，留在心裡的卻是在客廳裡抽著菸看無聊電視的外婆背影。仔細尋索記憶中的景象細部，隔開庭院的玻璃窗格子上，還夾著外婆從週日新聞版上剪下的畫。穿洋裝、戴麥桿草帽的少女沐浴在庭園的光線下，四周圍繞著鳥與花的油畫，與我眼中的外婆，幾乎以同樣的姿勢，背對我坐著。這些無意間的巧合反而越漸鮮明起來。

過了七七四十九之後，外公為和舅舅一家同住開始找新房子，最後搬到東村山。彷彿又一個回憶消失了。那時心裡雖然傷感，但我想家裡任何人，肯定都無法再繼續住在那個外婆形影那麼強烈的屋裡。因為搬家的關係，從二樓書櫃深處整理出的書冊中，發現了我從未讀過的外婆藏書。包括樋口一葉的日記及一套六冊的《日本女性史》全集，保存的狀況還很好。雖然我不認為外婆會讀完這些書，但彷彿可以窺見她懷著興趣把它們放在手邊，卻沒對別人說的無言心事。外婆「要得第一哦」的那句話，也許是想用孩子能懂的話，道出「別以為女人就得當別人的影子活著」、極富她個性的心思吧。

即使是現在，我也會朝著別人的後背按下快門，期待此舉是否能尋回外婆的背影。讓我極為吃驚的是，同樣的在街頭偶然發現的魏斯畫作，也會突然喚起我對外婆後背的記憶，引我湧出「的確是這種風情」的懷念氛圍。是因為在那些絕不回頭的靜止背影後方，她們真正凝視的東西很類似？還是魏斯從女性背影所看到的情感，與我起了共鳴？小小舊書店的一角，我追憶著當時沒敢觸及，只敢凝視的外婆後背，輕輕撫著紙面上印刷出來的克莉絲汀娜背影。

快一點與可愛

——はやくとかわいい

母親就像是我們家的太陽，為了丈夫孩子而守護家庭的強烈意志，如光環般自全身上下散放出來，它表現在色彩繽紛的便當、繡在幼稚園背包的可愛刺繡，和為幫助家計、在家裡做的一張幾毛錢的紙糊蛋糕盒上。既隨便又馬虎，非常冒失，就算不說話也脫不了饒舌的印象。母親就是那種讓人討厭不起來的人，但也是個對孩子說話滔滔不絕的人。弟弟出生前的三年半，母親說的話全都由我一個人接收，因此被視為家譜中破天荒斯文穩重的孩子。但那只是因為母親喋喋的說個沒完，我根本沒有發表意見的機會和必要性。這個斯文穩重的孩子十幾年後，也在學校和鄰居間因為口才便給而惡名昭彰，可是那時候，我就像個佇立在母親腳邊的小波斯婆婆納般，聽著她陽光傾注般的話語，自己不言不語並沒有想像那麼痛苦。我做母親要求的動作，做她期望的事而活著。

我是個慢郎中，不論做什麼事，都需要大量的時間。並不是單純的發愣，也不是身體的動作太遲鈍，而是個性使然。我總要把每件東西細細打量、謹慎的握在手中，按順序排列好，檢查，充分明白之後，才能做下一件事。我聽母親說話，然後做動作。做完的時候，母親又會要我去做別的事。好不容易完畢，又來下一個要求。一天就以這種方式度過。有時也會做自己的事，但不記得特別想做什麼。

母親是個耐不住沉默的人。她喜歡一個人默默的做手工，從裁縫、黏土人偶、編籐，到拼花玻璃，只要一有空，她就會坐在客廳茶几前做手工。然而，只要身邊一有人在，她就無法不把作業的步驟說出來。明明兩個人可以安靜的在桌前各做各的嘛。童稚的心是這麼想，但當我在她眼前時，身為母親似乎很難不升起照顧的心情。

除了嬰兒時代另當別論，弟弟倒是非常擅長從母親的饒舌中逃脫。他運動神經優異過人，而且一生下來就有我在，所以他並未遭受過母親百分百精力的灌注。不是見有空隙就溜出門外，就是躲在房間一角，把自己的世界建成銅牆鐵壁，沉迷其中，就算母親對他說話也聽不見。母親一定覺得，對男孩子嘮叨也沒用吧。

母親說的話儘管淺白易懂，卻乏味異常。幾乎每次耳朵撈到之後，還沒到達大腦就變成背景音了。視線落在發出劈啪響的油鍋，一面用長筷擺弄油炸材料，嘴巴依然唸個不停的側臉；任由水管的水發出轟鳴衝擊，把上半身和海綿伸進褪色薄荷綠的浴缸，用大屁股朝著我。我總是注視著這樣的母親，腦海思索著剛才埋葬的麻雀屍骸，或剛學寫的漢字筆順。

然而，母親的話中還是有幾句令人記憶深刻，其中之一是「快點快點」。早上一醒來，外面的陽光透過厚重的紅黑方格窗簾，照進兒童房。明明是冬用的布料，到了夏天卻連花紋也沒換，不論哪個季節，都將房間吞噬在沉重的紅光中。每天早上，我的心情就像在紅藻交纏的水槽中醒來的比目魚。某些季節，那種感覺溫暖的擁抱我，但也曾被悶熱的空氣弄得渾身無力。房間也會隨天氣的變化，而改變表情。最喜歡的是晴天的光透進來時房間的色調。無來由有種被世界喚醒的感覺。

窗簾露出小小的縫隙，細長而眩目的白亮日光就從那裡，呈一條線的射進來。光會視當天窗簾的開闔，有時在我棉被上拉出一條長線，有時像條傷痕從弟弟的臉頰走到緊閉的眼瞼。或是在地毯造成龜裂，彷彿從地毯下溢漏出來。又或橫切過櫃子，惡作劇的把磁磚上的圖案抹成白色，有時也會跨過地板和牆壁呈直角彎折。

砰砰砰，母親踩過棉被，穿過房間，在窗前站定，唰唰的猛地往左右拉開窗簾，一線光成了一大片平面時，水槽破裂成兩半，裡面混濁的水嘩地灑到地面，流到我背後去。此時，清晨才正式開始。母親清亮爽快的聲音說道：喂，天亮嘍，快點起床準備。然後敞開著拉門走回隔壁房間，喀啦的拉開窗門，俐落的折起父親與她睡的棉被。我從自己的棉被裡坐起上半身，摸著心愛枕頭的角邊，將眼睛焦點凝聚在空中。從折疊中棉被飛起的細微塵埃，吸收了窗口射入的日光，看起來光亮閃爍。你看你，還在發呆啊！母親宏亮的聲音叫道。對著受驚而呆滯的我，那聲音繼續說：洋裝不是放在你枕邊了嗎？把衣服換掉。快點快點。

唉唉糟糕，心裡想著得快點照著母親的話，把一身衣服換好，眼光卻瞥見櫃子旁貼的平假名五十音表。難得有這機會，試著從上到下把「a」到「n」唸一次吧。接著又按 a、ka、sa、ta、na 的順序從右唸到左。最後再按 wa、ra、ya、ma、ha 反過來從左唸到右之後結束。o、e、u、i、a太難唸了決定放棄。唸完之後，眼光又看到貼在下面黑色毛氈紙年曆。月曆用古名來標示月份，如一月寫成睦月，二月寫成如月。我低聲唸著三彌生、四卯月，想像著為什麼會取這樣的名字。是指這些月份會發生的自然現象嗎？例如月亮的狀態，或是植物的開謝榮枯？還是與人們生活相關呢？外婆曾經告訴我，十二月叫做師走，是因為那是個連老師都要四處奔走的忙碌月份。我的眼前浮現出一條走廊，級任老師把點名簿夾在腋下跑步離開。站在後面的學生不曉得為什麼穿著學生制服。正覺得不太對勁，仔細再瞧了瞧，竟然是金八老師的學生（譯註：指的是日本校園電視劇《三年B班金八老師》。以虛構的「櫻中學」為背景，描寫熱血級任老師金八，面對班上學生種種問題，努力解決的經過。這部戲從一九七九年開始播出第一季，斷斷續續的播出續集，直到二〇一一年共播出八季和特別單元等，長達三十二年）。難怪了，原來如此啊。我莫名的領悟。做好早飯的母親從廚房過來看我的狀況。還沒穿好啊？真是的，你這下一定會遲到了。來，動動你的手。快點快點。

我的視線從櫃子挪開，環視自己的四周，母親說的沒錯，屁股下面的枕頭邊，已經準備了今天要穿的衣服。我再次告訴自己，該換衣服了。這次一定要換。這念頭出現的瞬間，一群加油團跑進了我的腦中，他們是魔法少女莎莉、她弟弟和同學，連級任老師都來了。大家討論了之後，決定今天暫且由老師幫我換衣服。那麼，你先脫睡衣吧，老師說。每鬆開一顆釦子，大家就揮著拳頭，為我助威：「對對，很好，照這樣子繼續。」這樣的對話無止盡的持續，用少許少許的進度換著衣服。偶爾母親會過來，看到我終於有了進展而露出放心的表情，嘴裡喊著快點快點，又回到廚房去。即使如此速度還是太慢，直到就快來不及上學時，母親才兩三下幫我換了衣服，一切在三分鐘之內完畢。

更衣時，除了空想之外還有別的問題。那就是我有自己的一套規則存在。像是內衣或是運動服，縫在側腰的清洗說明標籤，一定要徹底剪乾淨才行。襯衫不能五分袖或七分袖，會令我坐立難安，一定要是長袖或短袖。但是，袖子太長蓋到手背的話，則要把整個鬆緊袖口反折。棉衫沒問題，但毛衣不行。尤其是套頭毛衣，穿了不但無法呼吸，而且又刺又癢，所以絕對不穿。穿棉衫的時候，要先把裡面的襯衫袖口緊緊抓住，如果到一半時放開，襯衫袖口在棉衫裡翻上來的話，就得重穿。若是碰到縫在脖子後面的標籤，我就會扭來扭去抱怨不停，直到標籤拆掉為止。喜歡裙褲，但不穿裙子。牛仔褲只穿連身褲。所有褲腰若不做成鬆緊帶，我就叫苦連天。下襬長的褲子，我會先穿襪子之後再穿。襪子一定要包住腳踝，鬆緊帶在膝關節五公分以下束住為最佳。不過我不喜歡束得太緊，造成壓痕。

只要不合規則，有時會從頭開始再來過。母親雖然吃驚，但還是會順我的意思，幫我把袖子重穿，或是把三折長襪收起來，換成條紋襪。直到我有一天發現，附近女孩們身上穿的，正是我從沒穿過的羊毛高領毛衣，和繡有櫻桃和蕾絲的三折長襪。

快點快點之後，母親幾乎接著會說可愛可愛。她不是用父母眼中兒女百般可愛的口氣，而是把我當做個可愛的女孩，經常稱讚。

其實，以我的長相，就算再怎麼奉承也輪不到可愛二字。偶爾去拜見親戚姑嬸，她們從來不會誇我可愛，而是稱讚一些奇怪的地方，像是「這孩子體格很好呢」。而父親則會嘲笑我，萬一跌倒了，我的兩個膝蓋頭、額頭和下巴會擦傷，但鼻頭倒是安然無恙。母親在旁聽到一定反駁道：才不會呢。人家現在多可愛，已經是個小美人了呢。這話雖是說給父親聽，卻令全場的人鴉雀無聲。

大概三歲的時候吧。我穿著連身裙去看牙醫，卻被醫生問道：「小弟弟今天怎麼樣？」我真的經常被誤認成男孩。髮型和弟弟一樣剪了蘑菇頭，但是相對於淡褐色軟髮、雙眼皮、愛撒嬌的弟弟，我則是眼皮內雙，倒八字眉，而且不太愛笑。但母親卻讓我這醜丫頭去學芭蕾。後來，為了發表會，我把頭髮留長，總算不會再被誤認成男孩了。

母親堅持說我可愛的原因，大概可以猜得到。因為我長得像她。母親常說：「媽媽以前年輕的時候非常漂亮，很多人追哦。」關於這一點還有一件小趣聞。母親十幾歲的時候以為自己活不過二十。全家人經常把這件事拿出來取笑她，而她會這麼想竟然是因為「紅顏薄命」。

她告訴我這些似乎是在暗示，儘管我的命運如同醜小鴨般坎坷，但總有一天會長得像母親般美麗。甚至還好幾次提出「小時了了，大未必佳」如同都市傳奇般的奇怪論點。其實奇怪歸奇怪，但也並不討厭。雖然一聽到母親這麼說，我會難為情的誇張否認，或是假裝沒聽到的樣子，但是，我覺得無條件的讚美已經遠遠凌駕了「是否真的可愛」的客觀事實，愉快的在我心中培養出毫無根據的自信心。

某天，母親說，欸，我幫你把頭髮弄成小甜甜那樣吧。她拿出自己粉紅色海棉髮捲，捲在我剛洗好的頭髮上。對母親的話「這樣會很可愛哦」抱著微微的興奮入眠。第二天一早，我就被拉到用大理石紋三夾板製的鏡台前坐好，靜靜等著母親取下一個個髮捲。鏡中的頭髮，宛如剛燙過的頭髮般捲成一圈一圈，向內或向外翹起。小孩子不可以燙髮耶，我心裡有點不安。但母親毫不在意的說，沒關係，洗了頭就會恢復成原來的直髮了，一邊拿梳子幫我梳整。她用小指頭將正中央分出的瀏海勾到兩側，然後俐落的用橡皮筋把頭髮綁在兩邊耳上位置，再打上紅色蝴蝶結。「好了！」母親朝著鏡中的我露出滿意的特大號笑臉。我心裡有點歡喜，但又羞得很想立刻衝進洗澡間把它洗直。非常可愛哦，你看嘛！可愛極了。可是映在鏡子裡的我簡直就是東北的木娃娃，烏黑密實的頭髮帶著西式波浪蓬鬈，就像給我的臉蛋修邊一般。一如往日，我還是弄不清楚自己是不是真的可愛，但是當眼光移開鏡子的剎那，我真覺得自己成了卡通主角，成了有一頭金髮的可愛女孩。坐進開進社區接送的幼稚園娃娃車，臉頰感受著在肩頭跳躍的鬈髮，便令我無來由的愉快起來。從靠近車門的座位，俯望站在窗外的母親時，還能看到帶著笑臉大力揮手的母親，用嘴型一張一合的說著「好可愛呢」。

夢

如果有人敢對你做那種事，老子一定追到他獨自幫你報仇。父親像個自吹自擂的少年漢，帶點江湖味兒的口氣這麼說。

一個晴朗的星期天，我們一家四口到外婆家去。開著銀色的老可樂娜，父親算好紅燈時間，翻過身，轉向副駕駛座後面的座位。而我稍微早一步，從呆滯眺望的窗外世界，轉回車內聲音所在的昏暗。

父親只有在生氣或稍微激動的時候，才會向孩子們自稱「老子」。我害怕被父親散發的危險氣氛所吞噬，不假思索的說出：「如果被抓到怎麼辦？」但一出口又覺得不合時宜。說到「報仇」的時候，我想起父親書架上那二十冊《日本歷史》大全集，忍不住想笑。

那也沒辦法呀。那種人不能原諒啊。臉上毫無畏色的父親羞怯的笑了。因為這樣使我切實感受到幾分真實，就像是父親假設有天真會那麼做的證據，令我膽寒。

真是的，好可憐哪。母親用鼻音說道，對父親說的話沒多留意。媽媽在哭嗎？聽到弟弟這麼一問，母親也從副駕駛座回過頭，露出安慰孩子時會做出的完美假笑，但鼻頭微帶著紅暈，充血的眼睛有些濕潤。

車內音響固定開的 954kHz 頻道，在兩個節目間插入約五分鐘的新聞，主播用認真低沉的聲音平淡的敘述著兒童綁架事件的經過，這才了解父親說那句話的用意。他緩緩的將車開動，不時窺看照後鏡，還在等待我對他剛才那句話的反應。

父親常說，別人說話時要看著對方的眼睛。看著別人的臉聽話是件苦差事，因為若是那麼做，我的專注力會放在眼睛，而非耳朵，於是便會漏聽說話的內容。現在，我的目光也沒對準鏡中父親的眼，而是凝視著他左眼眼角，如古埃及人眼線般的傷痕。聽說那是他還小的時候，與別人玩刀劍刺出的傷。啊，我察覺自己的心思又飛遠了，趕緊對著鏡中的父親微微點頭說「嗯」。至於到底對什麼事「嗯」，我自己也不太清楚。不過，這麼一來，父親就會露出滿足的表情，將注意力轉回前方。同時，在新聞結束後，喃喃道：「其他還有什麼好聽的呢？」一邊用左手轉動著電台的周波數，轉了一圈之後又回到原來的節目。我則半蹲在位子上，從照後鏡看著自己的眼角，思忖著「還真像啊」。

父親一向沉靜，偶爾會與我攀談的話，大都是這麼唐突，所以與其面對面的說話，像這樣看著背影會輕鬆得多。凝視著母親在浴室幫父親修剪過、在後頸服貼齊平的黑髮，或是映在照後鏡裡的瀏海，工整的旁分到一側時，我就能與父親自在聊天。從淡藍色毛巾布的POLO衫伸出來、被太陽曬黑的粗壯手臂，宛如女人般光亮滑溜，與外公、舅舅捲毛糾結的手臂完全不同。我經常到處抓著家裡的大人問，同樣是男人，為什麼只有爸爸的手臂不長毛？沒有一個人可以解釋得了。遺傳吧、每個人各不相同吧，似乎就是這麼回事。而手臂小腿都長了毛的母親，也許也只有我家有吧。但是，我喜歡爸爸沒毛的手臂。他每次一拉排檔桿，光滑的左手臂肌肉就會變形。平滑的皮膚因為怠速振動而微微抖動。看著那模樣好半晌，我才終於卸下少許肩頭的壓力。

我再次把視線投向窗外。為了保護眼睛突然從暗淡的車裡，曝露在滿溢的光線中，瞳孔猛地凝縮。漸漸找回色彩的世界，在光線中閃耀如夢。車道的白線以驚人的速度向後流去，要不是不時中斷，白線看起來彷彿靜止不動，然而事實上，它比其他任何景色都要快速，瞬間就過去了。街道也追隨它的腳步，慢吞吞的向後退縮。幽緩的如同看著遠處物體般，慢動作的從我的視野依依不捨的消失。那些我以為還沒消失的物體，在我錯過之際，也在不知不覺間消失了。我想到了。我想對父親說的話是「希望你能在我死之前來救我」，但是時機也已經過去了。

隨著咔嗆、咔嗆的閃光信號燈聲，很久以前就住在這輛破銅爛鐵裡的小石頭，在我的腳下發出喀啦喀啦的愉快聲響，聽得出是從右滾到左。

老相簿裡有幾張和記憶完全相左的風景。我和父親手牽手微笑，或是嚴肅地舉著新春試筆（譯註：大年初二對著吉祥的方向寫吉祥話）站在客廳前。照片證明我們父女的確住在一起過日子，但回憶中不知為什麼，我們一直都不太搭嘎。

比如說，我們有時在客廳喝茶打發時間。沒正事可說，隨便聊天的時候，母親就會撫著木茶几說：生你的時候，我的臉色就跟這茶几一般黑。然後就會提起不知聽過多少遍的生產驚魂記。母親得了嚴重的妊娠毒血症，直到生產的三天前，才知道胎位不正。醫生為開始陣痛、面色如土的孕婦診察時，慌張喚來父親，問他萬一母親和孩子只能救一個，要救誰。父親回答了，那麼，請救我妻子吧。

說這話的時候，父親一定會咧嘴笑著用這句話總結：「那是因為我愛你媽才結婚，可是我還沒有見過你啊！」這算是笑話？傷心往事？純粹爆內幕？還是拐圈子罵人？我總是在心裡納悶著，窺探父親的臉色。雖然我很想知道父親為什麼要告訴我這件事，但又怕聽到他說「這表示我沒那麼疼你啦」所以從來不敢問。

大人也有夢想。而我認為父親的夢是有天能開一家壽司店。這可能是因為長久以來，父親常告訴我，「我是為了你們辭掉了壽司店的工作。」

父親與爺爺合不來，早就打定主意，只要能早點離開家，不論什麼工作都願意幹。於是，高中一畢業，他就到供食宿的壽司店當學徒。長大後聽到他那番話時，我對奪走父親夢想的自己，隱約有著些負罪感。但是，現在我明白，才剛滿三十就要養妻生子的父親，恐怕根本沒有餘暇做夢，他要面對的是現實的沉重責任吧。

我滿兩歲前，父親辭去了壽司店工作。每到月底家計拮据，母親和我只能分食一個漢堡當午餐。在保谷學生街得償宿願開了店，但善良的父親卻經常讓窮困的年輕人賒帳吃飯，所以還是沒賺到錢。太善良的人不適合做生意啊。在父親店裡幫忙打工的母親，每次一提到這件事，就一定用既嘲弄又幫腔的口吻這麼說。

一年半後，父母收了店在西武線過幾站的東京郊外公共住宅租了房子。有一段時間，誰也不告訴我父親在做什麼工作。因為失意，工作不安定，我想應該是一直反覆在試試那邊後辭職，又試試這邊的狀態。對孩子隱瞞大人的不安，是我家的教育方針。但總是可以從氣氛中察覺。父親不到半夜不回家，很長一段時間我都見不到他。

有一天，父親很難得白天回來了，送了我一隻跟我合抱簡直就像在玩相撲的粉紅色大姆米熊。不管此後或此前，父親為討我歡心而買東西給我的印象，就只有這麼一次。父親說過，拿了什麼獎、考試拿高分，都是為了自己好，沒有必要獎賞。所以他從不給孩子們買東西。六歲時，我在外公教導下，拿到吟詩大賽第一張獎狀，父親沒有讚賞，而是說，你沒有什麼練習吧？與其這樣得第一名，我更喜歡努力的人得的第二名。

我們搬到社區的新家，只有二房二廳，空間不大。弟弟出生之後，家裡更侷促了。廚房雖然兼做飯廳，但放進冰箱、餐桌和母親嫁妝中的餐櫃就滿了，連拉張椅子都很吃力。不擅丟棄物品的母親，捨不得丟掉自己手邊物，想盡辦法把微波爐堆到冰箱上，而微波爐與天花板之間的空間，則塞進幾個用馬克筆標明內容物的紙箱。

從廚房走進三坪大的客廳，入口放著父親的櫃子。帶光澤的焦褐色合板門上，鑲了兩支加工成黃銅色的金屬把手。櫃子裡面放了父親所有的私人物品。我不喜歡這個有些陰森的家具，每次開合都會發出「吱——」的可怕聲音，宛如打開德古拉的棺材。一到夜裡，門上印刷的木眼看起來像個人臉。

旁邊是母親的五斗櫃，這櫃是用淺色實木木板製成，每個抽屜都各鑲了兩顆英式的圓球形拉手。再旁邊是電視櫃，三個櫃子端正的朝著同一個方向，靠在一整面牆邊。因為其他的牆不是有窗、拉門，就是棉被櫃，都不能放東西。每個櫃子上都堆著一個個箱子，裡面塞滿了母親從老家帶回來，別人年節送的新毛毯或床單，或是母親過季的衣服。

四蓆半的兒童房，與客廳（兼做父母臥室）以一扇拉門相隔。晚上，父親回來之前，我們就被趕進已經鋪好棉被的房間，關燈的同時把紙門拉上。覺得好可怕，而要求爸媽開一點縫的，永遠是我。從那條縫，我可以偷偷看到母親正在看的電視。睡在隔壁的弟弟先悄聲說：「我要告訴媽哦！」然後大大吸一口氣，張開嘴喊「媽——媽！」我立刻從棉被上撲過去封住他的嘴。母親聽到兒童房裡的小騷動，用威脅性的低音隔著紙門道：別吵了快睡覺。沒多久，沒有電鈴的大門，咔擦咔擦自己開了，父親回來了。我們趕緊蓋上棉被裝睡。走進玄關，父親一箭步就到兒童房來探望。窸窸窣窣，把拉門開了約十公分，靠著客廳照進來的燈光，注視孩子的睡臉。我微微睜開眼，在逆光照射下望著浮出輪廓的父親。他從來沒發現我在偷看他。咻的輕微聲響，拉門關上。從他的步伐到開關門的動作，一切都和嘈雜的母親恰成對比。從說話的聲音到洗澡的方式，父親的所有動作都沒有雜音，那些舉動讓父親顯得穩重。

弟弟棉被裡傳出鼻息，但我還是兀自在黑暗中睜著眼睛，安靜的待著。父母所在的客廳洩出來的光，微微的電視聲音，和父母顧忌孩子而壓低的音量聽了很舒服。而且母親的大嗓門雖然聽得清晰，但絕對聽不見父親低沉安靜的說話內容。

我非常膽小，天天活在畏懼父親櫥櫃的紋路、諾斯特拉達姆士的預言、吃飯時被差遣去拿調味料的黑暗廚房之中。尤其是升上小學後開始做的惡夢，更是將我擊潰。二年級到三年級間，有段相當長的時間，我都害怕睡著而偷偷啜泣，或是告訴母親：我又夢到相同的夢，快來救我。但是我沒跟父親談過此事。可以與父親商量的只限於更不關緊要，就算被駁倒也不會遭受致命傷的那些話。

夢境從平淡無奇的風景展開，總是同樣的遊樂園，不知不覺間我落單了，可怕的人或野獸出現。然後，它們開始一個勁的追著我跑。我往超市或家裡想去找母親，但怎麼跑就是跑不到目的地。最後兩腳一個踉蹌，被追逐者追上，在被捉到或傷害前清醒過來。

一群頂著爆炸頭、戴淚滴型墨鏡、穿喇叭褲的年輕人，從公園的銀杏樹蔭下和攀爬架後面現身。大約二十個人，像會分身術般擺出同樣的姿勢，口裡唸著加咔鈴、加咔鈴，從社區前的草坪上向我逼近。腳下無情踩踏的白色酢醬草，讓夢境有現實的錯覺。當我發出叫不出來的聲音時，那一剎那，我像是瞬間移動到另一個世界般，在自己的棉被上醒來。眼前是再熟悉不過的天花板，左邊可以聽見弟弟的鼻息聲。

中古車開到我家來時，從後座可以一覽無遺的可樂娜廂型車貨架，放了幾個紙箱，裡面是父親上班的食品公司商品，所以我們叫它公司車。車體是銀色的，內裝清一色黑，既無任何裝飾，也沒有一絲雅趣，與這綽號十分相稱。但是，對沒錢買私家車的我家來說，這已是值得自豪的奢侈品了。類似皮革的塑膠皮座椅，在盛夏的中午燙得幾乎可以灼傷人，冬季太陽下山之後，又冷得快要停止呼吸。但是，週一到週六父親開著它上班，週日則帶著我們到外婆家去。幾乎每天都用得上它。可是可能是前一個車主用的芳香劑與橡膠燒焦的味道，混和成車子特有的氣味，我每坐必暈。試過不用鼻子呼吸，也試過在肚臍上貼梅乾，但都不太有效果。父母思考後，發明了好幾個遊戲來分散我的注意力。果然有效。家人在車裡經常歡笑，經常聊天。

在外婆家吃完晚飯、洗完澡，晚上八點再次踏上歸途。夏日正熱，父親惦記著剛才在電視上看的棒球賽後續，打開電台聽棒球轉播。我和弟弟一個靠左一個靠右，尋找夜色中發亮的自動販賣機，比誰數得多。弟弟每次都堅持要坐父親駕駛座那一側，所以為了讓比賽更好玩，熟悉小路的父親每次都會變更不同的回家路線。沒有棒球賽的時候，他就邊開車邊聽姊弟說話。有時抓到話尾，就會說個無聊的冷笑話逗我們笑。心情好的時候，父親就會學小時候來家附近的大猩猩汽球大叔（譯註：昭和年代在路邊耍把戲的江湖藝人）唸經。那個人敲著木魚，一邊像唱歌一樣唸經，一邊賣汽球。父親很會模仿那個類似梵語的奇妙唸經方式。

一晃眼間，弟弟睡著了。我憑著車窗眺望接受地上燈火、在深藍天空中放光的月亮。月亮緊追著我們的車，配合父親開車的速度，牢牢的跟著我們。就算在彎道或轉角丟失了它，在下一個轉角也會出現。聽我安靜不語，母親不時出聲問，睡著了嗎？沒有。雖然這麼回答，但不一會兒我也睡了。

回到社區，為了爬上我們三樓的家，父母把弟弟抱起，把我叫醒。我抬頭望著父親把弟弟抱在肩頭，快步上樓梯的背影，一面憋嘴忍睏，一步一步數著階梯上樓。

諾斯特拉達姆士的狂熱在班上褪去之後，我的煩惱凝聚成夢。晚上，把臉塗白的小丑出現在夢中時，我近乎絕望了。小丑騎上前輪大得可笑的雜耍用腳踏車，不斷拉近與我的距離，想不出方法可以逃過他。若是逃進腳踏車進不了的窄巷，他可以立刻丟下腳踏車，而他的腳程當然比我快得多。我也曾坐在母親踩的腳踏車後座逃走，但一沒留神絆到石頭，兩人一起跌倒，比我一個人更加無處可躲。好幾次，小丑帶著兩三個夥伴一起追來。我跑了又跑，終於在超市前找到了爸媽。但他們倆只顧著專心說話，看不見我的身影，宛如我成了透明人。

弟弟上學之後，父親開始比較我們姊弟。而且，雖然大人叫我做什麼事，我都做得中規中矩，但是沒有什麼顯著的特長。父親對我這種性格最為憂慮。看著性格溫和、竭盡所能把別人吩咐的事做到完美，卻不思考自己想做什麼的女兒，他心急不已，卻沒有注意到在我把自己的想法放一邊，隱隱只想為別人做事的心思後面，隱藏的是懦弱的和善和自信的缺乏。在茶几吃飯的父親拿了我們學期末的成績單來比較。他抽出其中一本聯絡簿，用筷子指著讀，然後發表若干感言。母親見狀說，別用筷子指來指去。父親快速瀏覽一遍之後，必定會顧慮到討厭念書的弟弟（父親後來如此辯稱）說，成績是姊姊比較好，但實際上還是弟弟比較聰明。母親在學校的家長會聽到「這孩子再努力一點，一定出類拔萃哦」的讚美，也被父親解讀為努力不夠。對父親而言，五階段評分中的4，和不時混著3和5的成績單，只是證明我還不夠「努力」的最好材料。

父親要我去參加國中考試。六年級的暑假，他拿了一個褐色紙袋回來，脫下西裝說，來，這給你。把袋子往坐在電視前的我身邊一丟。我以為是難得的禮物，心裡怦怦跳的趕忙撿起來。打開袋子，拿出來一看，是一本「全國國立‧私立國中入學考試考古題冊」的算數版。因為我們沒錢，你考國立就好了。既沒上補習班也沒有家教，父親準備的只有這本考古題。我當然不會知道這是多麼魯莽的事。如果有不懂的問題，父親說，就去問學校老師。雖然我立刻坐在書桌前開始做，但除了第一題之外，全部都看不懂。第二天，我去問級任老師，老師當場也解不出來。最後，那本考古題就這麼被塞進書架的角落去了。

然而，母親還是幫我拿了准考證回來。第一次抽中籤，母親很是開心，她說運氣也是實力的一部分。但是考試當然沒過。在會場幫忙的國中在校生對我說，你好厲害哦，沒去補習。面對不知道實情的她，我覺得自己好像說了謊，羞愧難當，很想大聲的說，我根本沒準備。放榜之後，母親對我說，可惜了報名費呢。好像我做了什麼亂花錢的事。沒上榜是理所當然的事，因為特地買的考古題集，你都沒做嘛。父親訕訕的說，彷彿從一開始他就沒抱任何期待。

小學畢業的時候，我覺得再怎麼努力，也得不到父親的歡心，於是放棄了。不照他的話做，他就罵「我不是告訴過你了嗎」。照他的話做，他又失望，覺得我太死板。成績不好，他提醒我努力不夠，成績好，又冷冷的說只是運氣好。我除了放棄沒別的辦法。問題是，就算如此，我也無法討厭父親。為了維護世上唯一的父親、無法討厭他的緣故，果然錯是在我的念頭不斷擴張，在心底緊緊箍住了我。給我機會也不努力，腦筋又比弟弟笨，從來沒抱過我，不僅如此，還是個在肚子裡就該死掉的孩子。世上最聰明、最完美的父親認定我是如此，我相信這一定就是事實。連我自己都感到驚訝，父親的評價竟然比母親或外公外婆的讚美，更深更重的刺進我心中。而且像個打不死的惡魔，在我無論做什麼事時，都緊緊追逐在身後，好像我再怎麼拚命的逃，也逃不出去。

父親聽著車上電台跟我們說話的那一晚，我又做夢了。在夢中，我正往外婆家走去。星期六的下午，帶著過夜的衣物，與母親和弟弟一起爬上車站的樓梯。父親工作結束後，會開車直接到外婆家，所以沒跟我們在一起。

突然間，伴隨著吵鬧聲，一群人往樓梯下跑來。把我和母親、弟弟衝散了。一隻渾身長毛的猩猩怪物追著人潮向我襲來。雖然害怕，但一想到「這又是夢吧」便聽天由命的傻站著。這時，有個人抓住我的手用力拉過去。我回頭看，竟是應該還在上班的父親。迅雷不及掩耳，他已經用以前上段的柔道，與怪物扭在一起，大大的伸開兩臂，窮盡全身之力把怪物壓制住，然後轉頭對受驚的我大叫，快逃！那一刻，我和父親四目對望，然後像被彈飛般開始快跑。我回過頭一次，只見髮際剪得整齊的背影，正拚命的壓住怪物。

醒來，仍舊昏暗的房間裡，只有自己心臟快速搏動的聲音在響著。隔著一扇紙門的客廳，傳來母親不規律的鼾聲，稍微鬆了口氣。我爬出被窩，跨過弟弟偷看客廳。剛才為我大戰怪物的父親，躺在自己的睡床中。一如平常安靜的鼻息，棉被絲紋不亂，規矩地把自己包在正中央。儘管知道那只是夢，但是丟下父親自己逃走的我，看到父親逃出怪物的魔掌，平安回到家中還是十分開心。我再次鑽回自己的棉被，從身邊弟弟的棉被裡找到他的小手，握住那一掌溫暖。然後再次閉上眼睛，努力的睡到天亮。

第二次醒來時，弟弟的床空了，廚房聽得見母親切菜的聲音。天亮了。在昨夜夢境餘韻的牽引下，我跪坐在棉被上怒吼，媽，爸爸呢？「已經出去嘍。」母親輕快的回答。又沒能道早安了。母親用圍裙擦擦手，過來催趕衣服也沒換，不知要傻坐在棉被上到幾時的我。

蝸牛的眼淚

——カタツムリのなみだ

我一對母親訴苦，就想掉眼淚。

花了四年時間，才下定決心在芭蕾發表會上跳舞。一方面從國中之後，已經二十二年沒碰芭蕾，鏡中的自己不但不堪入目，而且對動作的悟性也很差。光是這樣就已經夠令人沮喪，但更頭痛的是我瑣碎的問題惹火了一向溫和的老師，真不知該怎麼解決才好。

我知道她的情緒不是針對個人，發表會在即，老師自己也亂了方寸。已成年的學生們，都能諒解放下，可是我卻很想逃開芭蕾。老師提醒小孩們「排練的時候，若是聊天就給我出去」時，我也覺得好像在責備自己，心裡跳了一下。

母親說，找到了從前發表會的節目單，要幫我拿來。但我沒敢打開她送來打氣的包裹。直到發表會之後的第二晚，終於解放的時候，才想到擱在廚房裡的那包東西。

鼓鼓的信封外印著二十年前母親上班公司的名稱，還貼著一張便箋紙。因為母親習慣在所有物品上寫注意事項，所以剛拿到時沒留意，最前面寫著回憶點點滴滴。看起來除了節目單以外，似乎還放了別的東西。後一行用較小的字草草寫著：找到幼稚園的筆記。原封不動……附在後面。還畫了一個冒冷汗的臉。

賣關子的文字，勾起了我的興趣。袋子裡，如母親的說明，主要是芭蕾發表會的節目單和照片，還有小學二年級算數考卷、四年級的作文和詩，不知為什麼還混入弟弟的母親畫像。信封最下面有兩本封皮燒成褐色的灰色A6簿子。一是聯絡簿，上面還有母親「堇班」的筆跡。第二冊也一樣，但是寫著聯絡簿II，下面畫了一隻將特徵最簡化後，看起來如同記號的蝸牛，用綠色鉛筆塗滿。看到這隻無機蝸牛的一剎那，冬日步道般的悲傷湧了出來。早已忘懷的這個記號，我的確還有印象。

右手推開黑色的小鐵格子門，左手握著我的手，母親輕輕的拉了我一下，配合自己的走路速度。我像被拖著橫切過表面如同撒了黃豆粉般、已呈淡黃土色的乾燥庭園，在一整排正方形格子的鞋櫃前站定。

母親招呼一個穿粉紅色罩衫的女人，兩人互相行禮之後寒暄了幾句。然後，讓我在踏板邊緣坐下，彎下身幫我脫下鞋子，交給我拿著，再要我站起來。她露出輕鬆的笑臉說，把鞋放好。但聲音是急促的。踏板上都是沙，穿著襪子走在上面，粗粗的很不舒服。所以我踮起腳，盡量不讓腳貼在地面行走。鞋櫃裡分上面的人和自己的部分，一律用紅色膠帶貼著油性筆寫的平假名名字。它的左邊，貼著蝸牛貼紙。很像蛞蝓背著葡萄乾捲心麵包的生物，像剛買來的不倒翁，黏了兩個沒有瞳孔的大眼。就像空無的洞穴，沒有看著任何地方。彷彿這生物已經死了一般，沒有生氣。才三歲的我，非常害怕那對眼。

你的標誌是蝸牛哦。幼稚園的第一天，粉紅罩衫的女人說。把隨身的用品全都貼上這貼紙吧。第一次來到的地方，連該站在哪兒都還不清楚，但只有自己的名字，我一副知道它該往何處去的模樣，把它左貼貼、右貼貼，這種感覺真奇妙。

我討厭蝸牛圖案，並不只是因為它眼睛可怕而已。我把四周圍的鞋櫃看了一遍，看起來像女生名字的，都是鬱金香或蝴蝶。若是男孩子的名字，就用車或蜻蜓的標誌。蝸牛一定是和喇叭或風車一樣，是調整每年男女生變動人數的中性標誌之一。自己被分配到男女兼用的標誌，和平常常被誤認成男生的事實在腦中匯合，使我有種見面前就被看透的感覺，臉頰立即脹紅起來。我用只有母親聽得到的聲音說，我不喜歡蝸牛。為什麼呢？蝸牛不是很可愛嗎，你看，很可愛啊。母親睜大眼來回看著我和蝸牛，誇張的說。被粉紅女人聽到她的大嗓門與我只想讓母親知道的心意，讓我更加無地自容。

聯絡簿的第一頁，生鏽的釘書針固定了一張緊急聯絡卡，上面寫有幼稚園園名、園長、負責老師的名字、父母姓名和工作地點。第二頁空白。剩下的紙頁，成了保母與母親的交換日記。我和兒子的保育員也用跟這同樣的簿子保持往來溝通。保育員記錄白天孩子的狀態，母親記錄家裡。這麼做都是為了充分掌握孩子的狀態。偶爾也會抱怨或寫點八卦，與老師的關係也變得更緊密。

第一天記錄的日期是四月五日，第二冊，最後一次日期是同年十二月六日。我應該是三月才剛滿三歲。他們通訊的期間，比起從母親含糊說明所想像的時間更長。令我有些意外。

一九七〇年代，社會對送孩子上幼稚園有很大的偏見，他們對這種家庭的母親大加撻伐，對孩子則投以同情的目光。此外，隱藏在女性解放運動陰影下，指責女性以事業為優先、進而把自己小孩交由他人照顧的聲浪依然很大。除了社會和丈夫們，令人意外的是，對這件事最嘮叨的，也許是婆婆或母親等，母親上一輩的同性家人。

我們家人卻是例外。母親的婆婆是個一面做生意、辛苦帶大孩子的女性，而自己的母親對女兒夫婿的狀況瞭若指掌，她明白自己若是反對，就得被迫從主動支援生活費，或是看外孫中選擇。所以她從不多嘴。問題只有一個，那就是母親能不能打破根植心中的好媽媽形象，戰勝想法的糾結。

曾是壽司店師傅的父親自己出來開店時，店面雖然小，但一個人忙不過來，又沒有雇用幫手的資金，所以母親便到店裡幫忙。身為妻子，她想支持丈夫，身為母親，她也想全心照顧孩子。所以，從決定去工作的那天起，就對我產生了罪惡感。不論是上幼稚園前後，還是明白我無法適應之後，每天我都能感受到母親愧疚的情緒。印象朦朧的笑臉，丟在樓梯旁黃色啤酒箱上的圍裙，附近三角公園狹小空地的松鼠座騎，那個時期看到的所有景色，都薄薄的隱沒在令人不敢撒嬌的母親神情，和自己已忍耐到極限而流下的淚水中。記憶裡剩下的天空，總是被重重的灰雲包覆著。那片陰霾天空下的濕漉庭園裡，白眼蝸牛仍以扁平的身體停佇在繡球花葉上，用空洞的眼瞳凝視著我。

第一篇是從帶班的谷川綠老師向母親問好開始，沒有日期。接近正方體的筆跡中「と」與「や」有極端往右上方偏的毛病。光看文字就這麼想像也許失禮，不過我猜想她是個非常一板一眼、有點怪癖的人。

接下來一年請多指教，我們班有七名男生、十一名女生。請在這本聯絡簿中，寫下家中發生的事和貴子弟的狀態，以及您所想到的任何事。若有意見和期望，也不吝賜教。看完的話，請務必簽名。

下面是母親的簽名。最後一行「務必」的地方，透出威脅的恐怖感。

那，我要走了喲。母親說。我們在分隔教室和庭園的陽台分別。我呆呆的守望母親的背影。在走到大門之前，母親回頭看了我好幾次，維持大大的笑臉，像車子雨刷般揮動雙手。剛才還沒有任何感覺的胸口，悄悄滲出如兩手擰住心臟的情緒，有種襯衫快濕掉的感覺。但摸了摸胸口，襯衫並沒有濕。我不知道不同於悲傷，不同於疼痛的那種情緒叫什麼。也許和肚子痛一樣，只要靜靜忍著，它就會過去吧。我如此想著。

母親給綠老師的回答是這樣的。

四月五日，繼三月三十日的面談和今天的入園典禮後，第二次進園。剛開始，被蜂擁而來的小朋友嚇到，似乎很害羞。但又露出沒有安身之處的不安表情。她是個活潑的孩子（這裡換頁，文字雖然繼續，但不知為何簽上了「谷川」。大概沒有讀完吧），所以喜歡在外面玩。只要讚美她，就算只是一點小事也非常有效果。對老師指導的期望是，因為她充滿不安的情緒，希望能請老師多多指導，讓她建立自信。接下來一年，也請您多多指教。

穿粉紅罩衫的女人，就是帶班的綠老師。烏黑及肩的頭髮，燙了柔和的大波浪，身材高挑修長。是位叫姊姊比叫阿姨更適合的美麗老師。現在回想起來，從小孩的眼光，不論大人再怎麼嬌小，看起來都很巨大。也不懂什麼叫美人，只覺得她是個化妝嚴實的女人。

我想目送媽媽直到走道末端的媽媽完全看不見為止。可是綠老師對我伸出左手說，我們進屋吧。我沒有應諾，她便把手放低，抓起我的右手腕離開。我順從的小快步走過木板陽台。混合著消毒液和廁所氣味產生惡臭。經過的孩子們發出歡鬧聲到處跑著，兩三個小朋友緊挨著坐在地上。

微暗的房間，儘管是白天，仍然開著螢光燈。綠老師帶我到寄物櫃、書包架等，所有貼有白眼蝸牛的地方，告訴我那是我的「隨身物品」的「放置處」。

環視了整個房間，有許多小朋友和幾個大人。沒有一個人是我認識的。大人全都是女性，隱約知道她們是老師。我不知道該如何與她們接觸。大家都對我漠不關心，好像彼此都有默契，對站在這裡的我不需有任何疑問。布滿飛沙而粗糙的木板，討厭的氣味，螢光燈散放的冷光，用貼紙分配到的空間、與陌生孩子共有的繪本與玩具。全都不是我的。不安如淹水般從腳底漫上來，這麼站下去就要溺水了。也許我把不想留在這裡的感覺，誤認為待在這裡有危險。那時，應該是我第一次哭。

上幼稚園的期間眼淚流不停。從聯絡簿中緣老師的記錄就可以知道。四月十日，感到孤單，大哭一場。抽抽噎噎的一天。五月十日，又有一點啜泣了。六月十六日，打針之前開始大哭，結束之後又哭了好一會兒。七月一日，吃了一點飯後開始啜泣。我對她說，吃飯的時候不要哭嘛。七月七日，與媽媽TEL，開始抽抽噎噎。九月六日，抽抽噎噎的一天，情緒不太穩定。九月二十九日，可能覺得她哭的話，我們會滿足她的要求，只要一哭，我們就會幫她做什麼吧。我告訴她，你有嘴巴，想要什麼用說的，不要哭。愛哭鬼惹人討厭哦。可是她還是邊哭邊說。十一月二十二日，今天整天都沒哭。

記憶中，有抱著柱子，哭著凝視庭園的印象。雖然在啜泣，但心裡卻驚人的平靜。自己被晾在一邊時，背後老師忙碌工作、孩子尖叫吵鬧的聲音，好像比平時更清澈的傳到耳裡。我宛如上帝在抽離的外界俯視自己世界的感覺。之所以天天哭個不停，也許是因為在那種感覺中，自己才能放鬆下來。而冷清的庭園一如故往令我放心。

你是個聰明伶俐的小孩所以云云，在母親高明的話術引導下，每天都能平靜無波的送到大門口。但是踏進庭園的那一刻，我的腳就釘在地上，被母親拖著拉著穿過庭園，綠老師接過手後，又變成被推擠的形式，號咷大哭著與母親分別。剛開始時，幾個小朋友也一樣在哭，但不久後，他們一個、兩個就被玩具或遊戲的世界拉去注意力，習慣了在幼稚園的生活。只有我一直緊抱著陽台柱子，望著母親出去的大門，呼喚著母親一邊哭泣。

幼稚園裡討厭的事很多。第一天聞到的髒廁所混和醫院消毒劑的嗆人氣味；在那種氣味下不能不吃的供餐；還有被要求光腳丫。在屋裡腳底卻黏著砂子是件很不舒服的事。所以只要老師要我脫襪子，我就「不要不要」哭著拒絕。於是，綠老師生氣的說，隨便你好了！任性的孩子。哼了一聲轉頭而去。

我尤其討厭午睡時間。明明不想睡，卻必須待在棉被上不准動。外面好明亮。我討厭因為睡覺這件事，而必須與現實世界分離的感覺。

四月九日，一到午睡時間大哭著說不想睡，逃了出去。果然還是不安吧。新入園的小朋友有兩、三名大哭。五月六日，開始鋪棉被時，一直反覆的說，今天我不想午睡。媽媽會來接我嗎？五月十日，我想她大概比較願意午睡了，答應我明天開始會午睡。

一條條小棉被鋪滿了整個寬敞的木板房，連一吋地板都看不見。即使如此，位子還是不夠，以致棉被角彼此相疊。我的棉被有點壓在大鋼琴左腳的輪子上。輪子和鋼琴都一樣，嵌在黑色發光的止滑墊上，落了一層薄薄的灰。綠老師說，我們來彈搖籃曲嘍，烏黑的鬈髮輕盈的前後晃動，悠然的彈起鋼琴。我躺著仰頭凝望老師的下巴，把頭擱在譜架與鍵盤遮擋老師目光的位置。可以看到臉的正側邊，以及穿著室內拖鞋的腳，很有規律的踏著霧金色的踏板。外面自清晨開始就下著雨，即使是中午，昏暗的房間在螢光燈照耀下顯得清寂。

發著黑光的鋼琴腳，映照出我眼睛哭腫通紅的臉。後面模糊的映著許多棉被，和躺在上面的小朋友們。我稍微坐起身子，回頭望向整個房間。既明亮，鋼琴聲又吵，為什麼在這充滿許多孩子動態的房間裡，每天大家都能乖乖睡午覺呢？我感到訝異。看到扭來扭去的我，老師用毛毯般柔軟的低音，如刺般尖銳的說：快點睡。不睡的小朋友要再打一針哦！記得那天上午有預防接種。我好害怕，再次仰躺在沒有枕頭的棉被上，眼睛追索著白色天花板上如同迷宮般規律間隔的紋路。螢光燈只剩照在老師手邊的那一排。聽得到隔壁小朋友的鼻息聲。鋼琴不停從上方灌注下來，地板也同時發出振動和聲音。今天是我出生以來，第一次從下面仰望鋼琴。鋼琴的底面沒有塗黑，曝露出單薄的木頭材質。而且可能是製作這台鋼琴的師傅，用馬克筆草草寫著一個數字，想要向誰傳達什麼。

五月十四日，她說，老師對我很好，所以我問她，怎麼樣才能再對你好一點呢？媽媽都是怎麼做的呢？她呵呵的笑著說，跟你說哦，媽媽會幫我擤鼻涕，幫我穿衣服。是哦，老師不會為你這麼做這麼多事哦。你想要的話，要去小貝比班。小貝比的老師，會像媽媽一樣，什麼事都幫你做哦。你可以去找那些像媽媽一樣溫柔的老師。我是大姊姊的老師，不是貝比的老師，我先說了哦，請你去小貝比班。「我不要去，我不是小貝比。我喜歡老師這裡。我可以自己做。」說完大哭。媽媽也請再想想，她不像媽媽想像的那麼小，如果你一直讓她撒嬌，以後會變得更難管教。如果繼續把她當成寶寶寵，我們很難帶。我把想說的話坦白說了，若有得罪，非常抱歉。媽媽若是有什麼想法，也儘管寫下來。謝謝。

我兀自站著大哭，說什麼也不肯換衣服。綠老師凶巴巴的一屁股蹲在我面前，突然間，極其猛力的把我的內衣往上拉。領口卡在下巴，整張臉縮成一團往上拉長。我感受到棉料在強大力量下擦過皮膚。

五月十四日，很抱歉今晚致電給您。謝謝您寫了這麼多。我感到獲益良多……應該也有該反省的地方。雖然我自己並沒有想把她當成小寶寶寵她，但是從第三者的立場，同時也是幼兒教育者的立場，對孩子的看法果然與母親不同吧。若是我們能互相幫助，讓孩子朝好的方向發展……以後也請您多多指教。

我很執拗的哭泣。既不自己換衣服，也不吃午餐。綠老師必須幫我張羅所有的事，想必非常生氣。我一直哭，並不是因為學說話太慢或是不會表達。而是在那個時候，我放棄了與世界溝通。我想要母親、父親、老師了解三歲語彙無法傳達的、無以名狀的情感，可是連這一點稀微的願望，自己都無法完成，所以只能一味的悲傷、哭泣。

六月二十九日，每天的餐點都有剩。別的孩子吃光之後，把盤子秀給保母看，得到讚美十分開心。七月七日，餐點只喝了牛奶。七月十二日，咖哩飯全部吃光。八月三十一日，我告訴她，吃光光才能趕快長大哦。她說等她四歲就會吃了。十一月二十九日，雖然沒再吸鼻子哭了，但不太吃飯。食量跟一歲小朋友差不多。

有一天，母親提早過去接我，正好剛睡完午覺。她說她躲在暗處偷看，只見我把上衣前後穿反，然後又把裡面的無袖內衣穿在外面，站在房間中央大哭。綠老師在場，可是不知道是沒注意我在哭，還是不想理會，直到發現媽媽來了，可能心想不妙才開始幫我換衣服。雖然後來她有點尷尬的對我說，在家裡也要趕快學會換衣服哦。

根據聯絡簿的記錄，弟弟出生的十月，有一整個月我都沒有去幼稚園。十一月去了幾次。直到十二月六日後只保留學籍，沒再去了。

十二月六日，決定讓她再休息一天。咳嗽好很多了。本來說好了明天要去幼稚園。我笑著跟她說，你已經不哭了，可以去了吧……她回答，嗯，……可是在幼稚園門口就會哭了喲，這麼多次……她伸出五隻手指。她會不會以為到幼稚園就必須哭呢……真是個奇怪的孩子……。她還笑咪咪的說，我會哭哦。

聯絡簿在這裡就結束了，還剩下四分之三的空白頁。最後一頁，綠老師沒有簽名。

合上聯絡簿，我猛然想到，也許發表會前的抗拒，並不是因為芭蕾老師生我的氣，而是綠老師與自己的兒時記憶甦醒的關係。「為什麼這麼簡單都不會！」承受別人這種負面情緒的不合理，當時用哭來表現，而現在變成每事問，但其實心中都懷著努力想辦法解決的念頭。近乎不適當的悲傷，不是因為這次的事，而是來自於難以傳達的心情吧。這兩者之間有了連接點，雖然出乎意料，但也完全可以領會。

我試著在母親的訊息下方，寫下「已經過去了」，又畫了一隻沒眼珠的蝸牛當做簽名。我十分詫異，看這本聯絡簿之前早已不記得的經歷，現在竟還能震撼自己的心。又想到已為人母，亦為人師表的自己，現在的我可以哭，也可以做出當時母親或綠老師的行為，但我也可以兩者都不選的活著。下次發表會若是再想哭的話，我會想起蝸牛的眼淚，繼續跳下去。

真哥

——マーニー

十幾歲的時候，每當我發脾氣，父母經常會說，你真的跟真哥一模一樣。聽到這句話，我總是頓時愣住，失去戰鬥的意志。被別人說與真哥相像，在我家是件可恥的事。並不是討厭真哥，父母只是想證明，我的血液中繼承了他性格的某一面。他的那一面，一直困擾著包含我在內的所有家人，所以聽到這種評語時，也許是感到丟臉，也可能感覺被嘲諷吧。而且這種批評並非空穴來風，惹人訕笑，所以自己心裡也不得不承認。用血緣來證明與別人在這個明顯是缺點的特質上相像，彷彿就有種無可遁逃的感覺。只能無從辯駁，垂頭喪氣的退回自己四蓆半的房間。

真哥是母親的弟弟，也就是我的舅舅。從小，人人就叫他小真、真仔。但我出生之後，小真哥哥的稱呼簡略為真哥（譯註：日本家族中對年紀較小的舅舅或阿姨，都會以哥、姊來稱呼），這個暱稱也就這麼固定下來。

自我懂事以來便察覺到，家裡只有這個人獨樹一格。而且，總覺得家人待真哥就像對腫瘤一樣戒慎恐懼。他極少待在家，就算在，也都關在外婆家二樓自己房裡不出來。他不像母親那樣，一年到頭都和其他家人開心聊天。有時看他跟別人聊天，卻突然清醒過來似的閉上嘴，轉身回二樓。外婆和母親經常滿臉困惑的目送他的背影。

首先，小真不行。外婆一提到真哥的時候，總是從這句話開始。一旦有事要麻煩他，或是不得不干涉真哥個人生活的時候，我們之間就會掠過一絲緊張。眾人會先充分預測真哥的反應──家人不論說什麼，他都會頑強死守「再說也沒用」的態度，一旦越過他圍好的界線，接近核心時，他就會蹙起眉頭勃然大怒──然後小心翼翼的展開對話。然而一不小心還是會踩到地雷。忍不住反省自己在教育兒女上犯了什麼錯的外婆，最後把一切歸咎到真哥的性格，喃喃丟出「這孩子到底像誰？」的問號來做為結尾。（其實真哥的神經質和激烈脾氣，跟外婆很像。）這種事在母親娘家可說層出不窮。

我幾乎沒有看過外公和真哥交談過。他們兩人週末經常不在家，平時又一直待在同一個工作環境，男人之間在回家之前，應該都不會交談吧。

真哥其實並不想繼承外公的事業呢。父親從前經常這麼說。雖然那時還小，但我猜想，如果這話屬實，外公外婆管不動真哥，很可能跟這件事有點關連吧。因為年紀輕輕的真哥，把自己的不如意和對工作缺乏熱情都怪到父母不讓他自由發展。我不知多少次看到他對外公外婆惡言相向。

母親對這位性格刁鑽的弟弟，總是毫無架子的親切招呼他。也許是因為沒有住在同一個房簷下比較好。但是，有時候這種天真傻氣反而惹人嫌，真哥皺著臉冷冷回答，但母親沒察覺到這是真哥「別煩我」的信號，繼續說個不停。最後被落雷打中，才像隻被罵的狗一般夾著尾巴逃走。永不氣餒，一直重複這種狀況的只有母親一人。儘管如此，當她和情同雙胞姊妹的外婆聊起真哥的話題，即使自己沒那麼放在心上，但因為太專注的聊，難免會順口道出對他刁鑽、易怒性格的看法。然而像真哥那麼敏感的人，不可能沒有注意到兩人的閒話，也就不可能不受傷。

因為這個緣故，他不再對別人推心置腹，而是用一句接著一句合宜穩當的話，勉強扮演家人的角色。儘管如此，他仍然為無法向自己最信任、最親愛的人們說出真心話而生氣煩躁，而且不想隱藏。他不抱任何期待的謹小慎微，好像在訴說自己老早就看清了家人的本質，然而對家人的期待和感情是自然湧現的。偶爾有那麼一刻，你會發現他用自己的方式走近家人。只不過在這種時候，可能某些人就像發現珍禽異獸的盜獵者，試圖捕捉這個膽怯的生命，把它收為己有。於是，真哥激昂起來，好像在說自己遭人趁虛而入般，有段時間的行動比從前更加警戒。看著被失落感和自我厭惡擊垮的人痛苦的姿態，旁觀者更加捏把冷汗。我們當中所有人都無法妥善料理真哥複雜的情緒，不僅如此，更只是隨便偏執的認為他暴力、難以理解、無法對付。母親開朗、充滿魅力的性格，更加凸顯真哥的滿身刺蝟，義無反顧的擔起讓外婆煩惱「明明都用同樣的方法帶大，怎麼會……」的角色。

與真哥關係最好的是我父親。在家人圈子裡張牙舞爪的真哥，對在血緣關係意義中屬於局外人的父親，一向以禮相待。也就是說，他只讓父親看到自己真實的面貌，並不恃寵而驕。依父親的性格，一向不願挖掘別人的想法，他喜歡表面上平和、不受責難、有距離感的人際關係。父親這樣的人，對真哥而言也許是個救贖。因為就算是再親近的家人，公然曝露負面情感的痛苦，其實非周圍人所能想像。隨後襲來的自我厭惡感，和被別人貼上「無可救藥」標籤的絕望感都令他痛苦。因此，家裡混入一個可阻止他如此做的嚴肅對象，對他保住最後僅存的一絲自尊心，一定發揮了很大的功用。

總的來說，我討厭真哥。並不是類似討厭看到他的那種主動厭惡，不過只要知道他在家裡，心中就會一凜，防衛性的想「現在該怎麼辦」。平常雖然連照顧都談不上，但他倒是說過笑話逗我笑過，可是不知什麼因素，他突然爆怒起來，變成另一個人似的。我總是警戒著，害怕那一刻的到來。完全無法預測什麼時候，什麼樣的事會踩到他的地雷。待在他身邊時總要小心算計，步步為營的避免踏入無形陷阱，實在是太累了。

只要我和弟弟在外婆家客廳玩，興奮的聲音或地板震動太大時，真哥一定從二樓下來。咚嗒咚嗒，蘊含怒氣的腳步聲從樓梯落下，下一秒必定大聲怒吼：吵死了！你們兩個，給我滾回去！同時，滿臉猙獰的將手上的報紙朝我們丟來。如果父母對孩子發怒是逐漸加溫的話，真哥從一開始就升到百分百了。他向張嘴呆滯的我們瞪了一眼後，霍的轉過身，又回到自己屋裡去。有時候，他也會對在隔壁廚房抽著菸和外婆話家常的母親大吼「你叫他們安靜點」後離去。聽到他回二樓的聲響，外婆或母親必定會走過來，嘴裡嘟囔著「真受不了」，安慰被嚇呆的我們。

風暴過去之後，我們的心情都變得鬱悶。儘管這種事已是家常便飯，但每次我們都會大為震驚，結束後心情暗淡。因為我總忍不住思索，我們做了什麼事讓他這麼生氣呢？從真哥的行為我找不到蛛絲馬跡，只是胡亂的湧出恐懼，挑起我對暴力的反感，完全無暇思及他生氣的原因。所以，我們便一再陷入同樣喧嘩、同樣被丟報紙的窠臼中。

真哥公開聲明過，他討厭小孩。雖然並不是直接對我們說。但即使我們在的場合，他也面不改色的這麼說。他與母親差兩歲，當時應該才三十出頭。外婆對這兒子不但無意結婚、存款，工作也馬馬虎虎，把金錢和時間都傾注在嗜好之上，心裡憤憤不平。

事實上，真哥的確是個玩咖。這是從大人們談話中偷聽來的情報，和散置在他房間裡的各種小玩意兒推測出來的。自己在屋頂上安裝的大型天線與相連的無線電，櫃子上存了半瓶外國硬幣的白蘭地酒瓶、貼在牆上紅或黃色錦旗、尼康單眼相機、收藏整套少年漫畫的書櫃、貼有許多貼紙的大旅行包、貼在天花板，穿著黃色比基尼，盈盈甜笑，有著小麥色肌膚的女人海報。為什麼與父親只差兩歲的真哥，被我們叫哥哥而非舅舅，答案就藏在那個房間裡。

玩膩了老人房間，我時常獨自走上二樓，問真哥，我可以待在那裡嗎？奇妙的是，我從沒有被拒絕的印象。他總是歡迎我，展示他的寶物，順便吊一下書袋。首先打開無線電的開關，讓我坐在播音員使用的麥克風前。自己搗弄著有很多旋鈕和指針的四角形鐵盒。發出「滋——此此」的聲音後，就會有個陌生男人的聲音，混著雜音出現在喇叭中。來，在他催促的同時，真哥按下麥克風的開關。然後，我把他教了很多次、已完全背熟的火腿呼號，清晰的向不特定對象反覆發訊兩次。此外也像電影中美國飛行員那樣，用「OVER」做為語尾，切掉麥克風的按鍵。然後擔心對方會不會聽不清楚，心裡七上八下的等待回答。大多數時候都沒有任何回答，但偶爾會有來自真哥火腿同好的回答。我雖然聽不清楚對方的話，但真哥會從旁邊，俯向麥克風回應。我從椅子上，鑽過他身體形成的拱形滑下來，把位子讓給他。然後雀躍的站在一旁守候。真哥用他沙啞的聲音，不斷將東京氣象等無聊的訊息，傳遞給對方。

請他讓我看硬幣收藏的時候，高挑的真哥一伸手便拿起五斗櫃上，我伸手也搆不到的硬幣瓶。他打開瓶蓋，倒過來搖一搖，小硬幣便都嘎拉嘎拉的掉出來，散落在榻榻米上。他說，硬幣滾動的時候，別去追，待在相同的地方，它一定會自動回到腳邊。所以我會靜靜等待，直到所有硬幣不動為止。

把褐色、銀色的小硬幣拿起來一看，上面畫著外國人伯伯的側臉，感覺好像比日本的五圓或十圓硬幣更有價值。真哥不知從哪兒拿出一些穿不過瓶口的大硬幣和紙鈔，擺在我面前。其中最大的硬幣上畫有教堂屋頂的鐘和某個行星，不知是火星還是月球，以及星星的圖。側面像百圓硬幣那樣刻有鋸齒痕。我拿到手上，他就說，那個，給你吧。外婆、母親買了好多好多我不想要的東西，但真哥卻神奇的知道我真正想要什麼。這種時候，我總是遺憾的想，如果真哥別那麼一臉凶相大聲咆哮的話，我會很喜歡他。

真哥雖然討厭小孩子，但我想他應該喜歡我。所以，我像孩子一樣吵鬧時，他雖然覺得煩，但獨自與他面對面時，他就能把我當成一般人來對話。

去加拿大短期留學的經歷、到南洋波納佩小島旅行、到輕井澤打網球、在長野溜冰等，真哥去了很多有趣的地方，並且如數家珍的說給我聽。偶爾談話中會出現小健這個名字。此人也來外婆家玩過，是真哥的死黨。黑熊般魁梧的體魄，留得長長的頭髮，戴黑框眼鏡，是個相當穩重的人。我覺得不可思議，原來大人也有經常一起玩的朋友。真哥已經是大人了，但感覺上跟我們小孩子很像。所以，外公外婆才老是把他當個沒長大的孩子吧。這是我的想法。

爸爸和真哥在日常生活之外也會一起行動。在我出生之前，他們兩人一起參加過電視的猜謎節目。外公用八釐米拍下兩人在電視中的畫面，把聲音錄在卡帶裡，兩人年輕生澀的臉拉成了長形。

我第一次滑雪是他們帶我去的。但是父親和真哥，我都不太會應付，所以到出發前都十分憂愁。坐上高速巴士，到達滑雪場之後，儘管穿上全副滑雪裝備，我仍然站在小木屋附近、人們休息時插在雪地的一排滑雪板旁發呆。父親把我拉到坡度平緩的地方，把滑雪方法解說了一遍，然後那兩人邊耍寶邊示範給我看。很簡單吧，他們說。但是我還是提不起勁去滑雪。兩個大人按捺著想早點去滑雪的心情，守在我身邊。我正惴惴不安，不知是真哥先發脾氣，還是自己先提起勇氣時，突然真哥往我背上一推，身體就這麼往前滑去。我害怕摔跤，努力保持著平衡直到自然停止。看你，不是會滑了嗎？從後面跟上來的真哥似在生氣，又有點高興的說。

父親與真哥在一起時，和跟母親一起時感覺不同。在民宿烘衣暖爐旁，與隔壁房的年輕人混熟了，晚飯後到他們房間拜訪，我也跟著去。房裡有男女各兩人在等我們，看起來像是大學生。彼此互相簡單的自我介紹後，大家一起靠到鋪在地上的棉被邊，把暖桌板翻過來，喝啤酒打起麻將。四處丟著餅乾盒和衣服，很像我和弟弟經常被母親訓斥的房間。但是，誰也不在意這種事。他們聊著喜歡的話題，大聲哄笑，父親還喝了平時絕對不沾的酒，臉色脹得通紅。我拿了麻將賭輸贏用、畫有紅黑點點的棒子捉弄真哥，他既沒皺眉，也沒嘀咕，反而教我棒上的點數和砌牌的方法。只不過，我偷看別人的牌，悄悄告訴父親時，他會一臉不屑。沒有人叫我去睡覺，我嚼著大姊姊給我的零食，把腳伸進暖桌的角邊，不知不覺睡著了。

滑雪旅行後過了不久，我和真哥去看電影。對我們兩人首次單獨外出，母親半調侃的說我們去約會。我有種長大成人的感覺，但真哥應該是抱著做家長的責任吧。

我們坐上電車，好像是去了新宿方向，坐在一起看了一部荒唐胡鬧的法國電影，內容是一個大學生千方百計想在大學考試作弊的喜劇。當出現女孩和男孩穿著內衣睡在同一張床那一幕時，我小聲問真哥，他們為什麼不穿睡衣。他沒有回答。

走出電影院，我們空著肚子在大馬路上走。真哥說，有一棟三角形的大樓哦，去看看吧，很有意思呢。路上經過派出所，我笑嚷說，對了，剛才電影裡那些男孩子們叫條子對嗎？這句話砸了鍋。真哥變成以往的臭臉，充滿厭惡的眼神瞥了我一下，大吼一聲「喂！」然後用沙啞的聲音怒斥：哪有這種事！我被他老毛病的爆怒嚇得手腳發涼，後來再也不敢說話，慢慢的走在他身後。之後午飯吃了什麼，他買了什麼送我當紀念，全不記得了。

有一天，真哥突然帶了太太到家裡來。比他小九歲，是位清秀白皙的小姐。真哥和這位女子結了婚，搬到外婆家附近的公寓去。他二樓的房間乍看時完全沒有改變。他留著無線電機器、漫畫、五斗櫃就搬出去了。真哥的業餘愛好有如他的一切，現在那整個世界好像被他拋棄，失去了主人，看起來十分悲痛。我不時會上二樓任意擺弄那些東西，安慰它們。

真哥生下男孩兒時，他對孩子的疼愛把大家都嚇了一跳。聽到大家冷嘲熱諷「那麼討厭小孩的人，果然還是會疼自己的小孩啊」，真哥只有苦笑。他對孩子還是不時會像老樣子那樣爆發生氣，但對太太卻十分溫柔。舅媽大而化之，可以不計較真哥的神經質，耐心陪伴他。真哥這樣巨大的變化，我們全家人都樂見其成。

因為外婆的死，真哥一家與外公想搬到距離我家更近的地方。得知這件事時，我和父母都很憂慮。因為他與外公很難住在同個屋簷下。兩人幾乎不交談，只是說話時勉強應答得上。雖不知談話的內容是什麼，不過兩方都皺著眉，說話也沒什麼好氣。會不會是因為真哥覺得超越不了外公，而對自己生氣呢？隨著年紀漸長，我慢慢有了這種想法。雖然我們有自己的未來，但是他也許猛然發現，自己的人生早就操控在父親手裡。了解外公半強迫把產業繼承給他的原委，和關心家人近乎干涉的性格，我漸漸能感同身受的想，會不會是真哥無法當面拒絕，才造成今天這樣的局面呢？我覺得那種心情和我對母親的憤怒十分類似。果不其然，外公在真哥家沒能住多久。真哥一家在外公獨居的透天厝附近，買了一棟房子。

從那之後一直相安無事。後來我當了母親，回到真哥與外公住的街區。每天為了照顧孩子焦頭爛額，雖然住得很近，卻連偶爾都不曾去探望。後來聽到舅媽說，就是在那段期間，外公的狀態變得有些不正常。有一天，外公神智糊塗，獨自在街上徘徊，找不到回家的路，被警察帶回局裡。大家苦思許久，最後的結論是將外公送到立川的養護之家，接受長期照料。大家都明白，找個近一點的地方比較方便，可是各地的設施都人滿為患。只有真哥一個人，在外公搬進去後仍然不願灰心，四處打探，想找個更舒適的場所。

真哥把外公遷到新找到的養護中心沒幾天，某個清晨我接到父親的來電。是外公的死訊。以前常被人調侃「那種性格，一定長命百歲」的外公走得這麼突然，令我一時難以接受。畢竟大家心底都隱隱覺得，他不可能會死。想到這一點時，比起母親，我更擔心真哥。

外公搬出老屋之後，真哥的大兒子住進了二樓，因此房子的功能勉強都還維持著。我趕到時，外公已經被送回來，宛如睡著了一般。他倒下時，眼鏡框割到左眼上方，所以留下了生前沒有的傷和暗紅色的瘀青。

真哥看起來很淡定。他接到外公昏倒的電話後，趕到急救醫院確認死亡，再把外公送回家。接下來忙不迭的與葬儀社聯絡，打電話給親戚與外公的朋友，馬不停蹄的忙碌著。舅媽和我互相擁抱來支持彼此，兩個表弟躲了起來。母親、弟弟，連父親都哭了，只有真哥一個人，為了找不到外公昏倒時戴的眼鏡而大發脾氣。

守靈、葬禮結束後，只有我們家人再次回到外公的家。然後，母親與舅媽吃了車站前買的便當。家人們分成了兩批，在狹窄的飯廳和暫作靈堂的外公房間，聊起往事懷念外公。

突然，飯廳椅子「匡噹」巨響，隨即是咆哮聲。兒子被這聲音嚇得全身僵硬，我趕緊在靈堂前抱住了他。伸長脖子往飯廳探看，真哥跟大兒子正在吵架。舅媽哭了，大兒子怒吼一陣之後，回二樓自己房間去。母親護著舅媽把她帶到外公房間，留下真哥訕訕地呆坐在飯桌旁。

真哥對舅媽說了很過分的話，母親說。舅媽仍舊哭著，母親的眼中也溢出了淚水。外公的死，讓多年沒有流過淚的大人們，難以遏止人生路上懸空已久的情感。

他們的淚水裡，不只是這幾天湧出的悲傷，還包含著每位家族成員壓抑著幾近放棄的心思。

真哥從椅子上站起來，走進我們的房間，說了聲對不起。他在靈堂面前正座，沒有避諱母親和我，握住舅媽的手說，「剛才是我不對。」我大吃一驚，因為這是我生平第一次看到男人面對自己的太太誠懇道歉。

兒子就像我小時候一樣，兀自驚呆著。為了把他帶出門，我們走到車站去買咖啡。當我兩手提著裝有九個紙杯的星巴克紙袋回來，裝出誇張的開朗時，真哥已從我眼前消失了。母親說，他一言不發的回自己家去了。大兒子坐在舅媽身邊，母親也加入他們，聊起了真哥。為什麼連這種時候他都要發脾氣呢？舅媽感嘆的說完梗概之後，也變成外婆從前那般的牢騷。母親就像以前在外婆跟前那樣，附和著舅媽的話。大兒子對父親餘氣未消，對自己母親說的話頻頻點頭。二兒子回到自己家，現在應該在看電視吧。儘管我與他們都熟，但彷彿今天才第一次見到真哥家人的感覺。

按了半天電鈴也沒人出來開，所以我推了下門。公寓門沒鎖。走進屋裡，二兒子房間裡傳出電視裡觀眾爆笑的聲音。

唯有客廳光線洩入的暗淡和室裡，只鋪了一套棉被。真哥左手遮住眼，讓頭靠著。兩耳塞著耳機躺在被子上。真哥。我叫他，沒有回應。我在枕邊坐下，把已經冷掉，可能泡沫都已消失的卡布奇諾靜靜的放在榻榻米上。真哥，我把咖啡放在這裡哦。真哥遮著臉的手沒動，也沒看我，只是搖搖頭，然後用額頭上的手做出趕人的動作。

我說什麼也無法就這麼走開，我想我是了解他這個人的。不懂得撒嬌，只會表現與真心相反態度的他；心裡悲傷卻哭不出來，反而發脾氣的他。真哥，我懂的。很痛苦吧。不知道他有沒有聽見，我自顧自說著，輕輕碰觸真哥摻雜白髮的頭，怯怯的，不知道他會不會皺起眉頭，把我的手拂開。我緩緩的移動手，摸著他的頭。然後不知為何，想起從前外婆留下真哥給外公，只帶著母親離家出走的往事。我想到，他與埋在心裡的傷痛共處了太長的時間。他一直在追尋家人，直到自己建立了家庭，連毫無血緣關係的舅媽，都可以當成出氣筒的地步。

突然間，真哥伸出手，一把攫住我在他頭上的手。從稍轉過來的臉上，淚水滑過耳際，滴落到枕邊。他握著手沒放，仍閉著眼，無聲而微小的點點頭。彷彿看到他的嘴在說，謝謝。

小多

タアちゃん

看小多走路的樣子，我總是想起紅氣球剛開始漏氣，半被地面半被天空拉引，在著地前低空飄浮彈跳的樣子。拉格蒂・安娃娃（Raggedy Ann）式的大波浪紅褐色捲髮，隨著每次她趾尖踢到地面，便上下搖晃一次。宛如，她所站的那一角有著不同的重力。全身被白色太空衣包裹，走在月球表面的人，與她如出一轍。沒有任何裝備與他們一起漫步月球的小多，我覺得是個從外星球來到地球的特別女孩。

一個人走在路上，或是有大鏡子的地方，我經常會練習像小多那樣走路。把重心放在腳尖上，絕不能放下腳踝，像安裝了彈簧般，伸縮整隻腳。然後，我看起來就會像在其他世界的重力中行走。不過，鏡子裡的頭髮又黑又直，完全不會搖晃，所以怎麼也表現不出小多那種輕飄飄的感覺。不過，就在邊跳邊走之中，無意間我好像也輕飄飄起來了。我愛極她獨特的走路方式，所以對獨創出這種步伐的小多，也漸漸喜歡起來。

我們倆是在小學二年級到四年級同班。小多家與我家都在同一個社區，住在公園對面的第十三棟樓。小多沒有兄弟姊妹，但有個與她同髮色的母親。她是個嬌小白皙的女子，我常見她化著整潔的妝，塗上紅色口紅，精神抖擻走在社區前步道的身影。沒看過她像我母親那樣，與別的阿姨在路邊擺起龍門陣，吱吱喳喳聊天的樣子。小多告訴我，她媽媽在美容院工作。這麼說的話，小多褐色的自然捲，也許並不是天生的。因為頭髮的波浪捲，她比班上其他同學看起來成熟。讓人感覺私底下她一定也是個成熟的人。既不像我那樣在校園裡跟男生打鬧一片，也並非溫和低調。

我們經常一起到公園玩。可是既不是我邀小多，也不是小多邀我。我有別的好朋友。住樓下的八重，也跟我同班。不論在學校或在家，我幾乎都和八重在一起。只有八重和小多玩的時候，我才和小多玩。

在公園的時候，小多也用那步伐走路。光是看著小多的走路姿態，我就滿心雀躍。觀察她穿著白色運動鞋的腳邊動作，然後傻傻的凝視波浪般的紅髮。我也喜歡小多的小眼睛不透出太多表情，迷濛望著遠方的模樣。

我們幾乎總是在公園入口銀杏樹下跳橡皮筋，然後盪鞦韆。八重和小多兩人膽大包天，老在比賽可以盪得多高。她們倆技術高超的伸膝屈膝，前後大幅搖晃身體，一面漸漸提高速度。八重總是穿連身褲或長褲，穿裙子的小多也不怕被人看見內褲，最後兩邊都盪到身體與地面水平。只要一點搖晃就會暈車的我，一向坐在鞦韆周圍立起的柵欄上，心驚膽跳的看著兩人，心裡一面祈禱兩人千萬別掉下來。不過，我的憂慮是多餘的。兩人都達成自己的目標，勇敢的在鞦韆上蹲下來，放下單腳在地面「沙沙沙」的猛力摩擦，熟練的減緩速度，然後一定平安歸來。砰！往前大力躍出之下，跳離鞦韆後，小多朗聲說，胸部撞到手肘，好痛！小多的T恤領口下印著一束小花，胸口微微隆起。

八重時常和小多吵架。也許是因為她們感情好。而且最特別的是兩人有點相像。八重不時會說，小多的走路方式，好奇怪。我不想反駁好朋友的話，可是又不能對自己說謊，所以只能沉默以對。

三年級的某天早晨，我照例和八重一起走路上學。走上切過竹林的長坡，經過按鍵式紅綠燈，踏上茶園邊的碎石路時，八重說，我們去捉弄小多好不好。八重說她不喜歡小多，我並沒有吃驚。欸，一起去嘛。好啊。當她招呼我時，我如同往常的沒有拒絕。然後，一路上計畫著該怎麼捉弄小多。經過父母說收費高但老師不好的幼稚園旁，通過畦道開著韭菜花的芋頭田，最後在穿過學校正門前，計畫大致底定。

下課後，我們在父母出外工作的八重家，製作一本冊子。我想到畫漫畫講小多的壞話，或做一本刊載報導的簿子。當時學校有一堂課，叫我們將自己的家人寫成報導，發行報紙。我向八重提議，不如用相同的手法寫一本小多的書。兩人隨自己喜歡，想了好多毫無根據的小多壞話。畫了變形的肖像畫，或是用新聞裡的嚴肅口吻，寫出誹謗小多的新聞。每一則都是天大的謊言，我們一心放在怎麼樣能將它寫得更有趣、好笑。我對自己討好了最好的朋友八重，感到得意非凡。

第二天一早，把書包放在書桌後，我們立刻把那本冊子拿給全班看。就像叫賣香蕉一樣拉開嗓門，宣傳這本冊子。並且把它拿在頭上揮動，讓所有人都能看得見。小多還沒到校，那天的我興奮異常，連小多何時走進教室，那時她的臉色如何、小多在不在都沒注意到。我全心陶醉在自己完美的實現八重的期望。

上課鈴響，矮小的上村老師走進教室，朝會開始了。我們若無其事的回到座位。行禮，大家坐回椅子，突然間，和我一樣當股長的加太，倏然舉起手。得到老師的許可後，加太站起來，把我們剛才瘋子般揮動冊子的事說出來。咚！心臟後方猛地挨了一拳的感覺掠過全身，我無法動彈，視線灌注在加太理平的後腦勺，心想這下不妙。加太坐下後，老師一臉困惑，搞不懂到底發生什麼事。她扶著已經有了寶寶的肚子，緩緩走到講台前面，用手肘靠著它。然後，她靜靜的問我和八重，冊子在哪裡？有人把冊子交給老師。老師眉心一皺，默默的把它看到最後。這個，很過分。為什麼要做這種事？老師用安靜低沉的聲音開了口。她向全班問道，這本冊子有什麼意義？大家看了有什麼感覺？

這一天是我第一次在學校裡被老師罵。我一向是「好學生」。平常就算在家裡被罵，也都是因為無關痛癢的事被叨唸不休。從來沒有像老師這樣用沉痛的聲音，安靜的說明自己犯的過錯。

老師說的話，就像被真正訊息浸濕的海棉，飽滿沉重，它比大聲斥責更輕易的浸透到我心的深處，在那裡凝結，如同冰柱刺穿它。我聽著老師的話，發現自己做的事，儘管只是畫畫、寫字等輕鬆無腦的作業，卻並沒有討得好友的歡心。也領悟到這麼做給另一個朋友造成了無謂的傷痛，把自己的智慧和特長用在壞事上是多麼卑劣、可恥的行為。

老師用既像生氣又像傷心的可怕表情對我說，你沒有資格當股長。然後對八重說，還有，我也要收回你班長的頭銜。我大受打擊哭了起來。被除去股長職務讓自己犯錯的規格像一幅畫清晰的呈現出來。我既沒有討厭小多，更從來沒有看不順眼的地方。但為什麼要對她寫那些無中生有的壞話呢？為什麼沒有發現，有人會因為我做的事而傷心呢？我第一次認識到自己可能有著難以估量的惡劣一面。我不知如何是好，心裡只有無盡的恐懼，只能不斷的哭泣。

我和八重，以及在教室幫我們的兩個女孩，哭著向小多道歉。小多沒有哭，只說，不用了。但是，她小小的眼睛充滿血絲，腫得好大。我們被罵的時候，她可能坐在自己的位子上靜靜哭泣吧。

我們犯了錯，被卸除班級股長職務的事，在學年通信刊物上用斗大標題報導印刷，送到所有學生的家裡。報導也登出部分我們製作的冊子，記載事件的經過。母親也和其他家長討論到這件事。我被罵了，但沒有想像中那麼嚴重。我做了八年人生中最壞的事，我以為會像對母親頂嘴時，被趕出家門並且鎖在門外，或是被爸爸打到臉腫起來。說不定是上村老師打電話到家裡，勸父母別再生氣。後來，我偷聽到母親和八重的媽媽說，還好老師沒有處罰得太嚴重。知道母親這樣護著自己，第一次感到有一絲絲喜悅。

再次投票選股長時，我再次被選上了。我在全班面前承諾，再也不會犯那種錯誤。而大家給了我第二次機會。那時好友們的寬恕和信任，直到現在我都珍藏在心。還有加太的勇氣和上村老師嚴厲的愛。而為了不再對任何人做出我對小多做的事，我總是一再的回憶當時的情景。

四年級結束的同時，我家搬到了遠方。自從那次事件後，我與小多也一直保持從前那樣的距離，也和從前一樣，偶爾一起玩，欣賞她走路的姿態時，也感到輕飄飄的。第三學期結束的某個星期六，我第一次主動請小多出來玩。好啊，她說。來我們家吃午飯吧。她邀我。

第一次拜訪小多的家，雖然與我家隔間相同，但物品少得多，也寬敞得多。我媽不在，可是有飯。小多說著，同時在電熱壺裝了水，按下開關。放電視機的客廳裡沒有桌子，小多在榻榻米上放了兩碗泡麵。你要吃海鮮還是普通的？都行，我回答。我撕了半天也撕不下泡麵的塑膠紙包裝，於是小多把自己的泡麵翻過來，教我怎麼從底部撕比較容易。我依樣畫葫蘆做了，果然馬上就撕下來。小多把碗再翻過來，把紙蓋打開一半，拿到廚房，按順序將電熱壺煮滾的熱水注入紙碗。然後我們保持平衡的，將變重的容器，小心翼翼的再拿回客廳。兩手掌的內側感受到熱湯傳來的溫度。小多與我面對面坐下，注意著不弄翻泡麵的放在榻榻米上。然後把筷子壓住因熱而捲起的紙蓋。對了，我們吃火腿吧。沾什麼好？美乃滋就行了。小多跑回廚房，整個身體像掛在冰箱把手上，朝裡面瞧了好一會兒。然後拿著火腿片，直接放在超市陳列的白色保麗龍盒與美乃滋出來，放在我們中間。她用手指戳破透明的密封塑膠紙，在火腿旁擠出滿滿的美乃滋。我們就用手捏著火腿吃，直到泡麵熱好。我有種偷偷冒險的、當大人的感覺。小多邀我吃午飯時，我以為她媽媽一定做了炒飯之類，用保鮮膜包好，等我們去吃。我母親一向都在家裡，從來沒用熱水注入泡麵碗，或直接吃包裝食品的經驗。與小多在一起，我不禁覺得自己像個小孩子。而且小多把我從來沒經驗過的事情，都能像她走路的步伐一樣輕巧完成，實在有說不盡的帥氣。懷著崇拜與欣羨的心情，我把小多招待的午餐全部吃完。小多又走到廚房，這次抱著電鍋回來。剩下的湯，攪在飯裡非常好吃哦。儘管肚子已經吃撐了，不過只要小多說的話，我全都想模仿看看。小多用勺子舀了飯，啪嗒一聲放進我的麵碗中。我一面用筷子戳散，順便把少許舀不起來的飯粒一顆顆吃下，真的非常可口。

後來我們還找了別的同學到常去的公園玩。幾天前，我剛滿十歲。雖然跟昨天九歲時沒什麼改變，可是今天有一點點不同了。我獨自回味著剛才在小多家度過的時光，傻笑的想，等長大以後，再做一次同樣的事吧。

弟弟

おとうと

從剛才開始，腦裡一直浮現「今天一定要」幾個字。與其說是決心，更接近人們仰天祈求下雨的禱詞。那時候我們坐在相親相愛並排在南向窗口的白色書桌前。我坐的折椅是粉紅色，小鬼則是水藍色的。各自假裝在忙別的事，把對方當空氣。依著母親品味統一風格的兒童房，以些微的差別來展現屋主的地盤意識。例如，同款抽屜的第三格，掛著貼有兩人平假名姓名，和象徵男生與女生小木片的木製名牌。書櫃雖然安置成左右對稱，但我這邊放的是文學，他那邊擺的是漫畫。稍微輕視反映那小鬼性格的選擇，形成對對方的優越感。我外表假裝平靜，心裡抱著炸彈悶聲不響過了三十分鐘嗎？一星期？哦不，還是一個月呢？等我回神時，腳已朝著他的小腿狠狠的踢過去，而手臂則被小鬼力氣不偏不倚的抓了一道，幾乎要滲血。血氣轟的衝上大腦，兩人立時扭成一團，連哪部分是自己的身體都不曉得。我伸拳朝緊抱過來的小鬼背部毆去，心裡有一絲後悔。畢竟我也國二了，有些難為情。可是，既然已經開戰，若不打贏，我這做姊姊的今後地位可能不保。我把意識專注在這一點，不敢放鬆攻擊。然而，我瞬間領悟到，小鬼已經五年級，他的力氣之大，已非昔日可比。直到不久前，想把他弄哭還很簡單。這不是難易度的問題，應該說就像抽到不會槓龜的籤一樣。看來也許贏不了了，我不覺軟弱下來，但仍極力想辦法不讓它顯露在臉上。

打架的原因大都是為了雞毛蒜皮的小事。像是不遵守玩電子遊戲機的順序，或亂拿我的東西卻不放回原位，或是看電視時搶靠墊等等。正因為我們天天膩在一起，才會為一些細微的差異或個人想法而爭執，因而也可以說我們感情很好。但是這次打架，與平時有著不同的深厚因素。事實上，那個時候，「那小鬼最好不存在」的傲慢想法一直左右我。雖然我並不特別討厭他，但也不可能太喜歡的緣故吧。所以，我滿不在乎的這麼想。當然，那小鬼應該也有相同的想法。最近這一陣子，那傢伙每每散放出「你算什麼」的鄙視味道和言行，我可是都沒有忽略掉。每天一起生活在三坪大的空間裡，彼此不可能沒注意到這種跡象。而且，我們倆會找任何可以找到的理由，提醒對方自己的存在，不惜靠武力來解決。這個明明年紀比我小，卻視我為對手；明明是男生卻精明得令人討厭，成天混在一起，看了都嫌煩的「小鬼」，就是我的弟弟。

打架打久了，大概也知道何時要收手。以前的話，就是弟弟的眼淚。每當把那小鬼弄哭，父母就會恐嚇我，總有一天你會贏不了他哦。而到了小鬼不會再哭的現在，思索什麼時候該偃兵息鼓時，我發現父母的警告果然沒錯，以我大哭來終止打架的可怕選項竟然浮出了檯面。既然兩人已經開打，我就得迅速想出新的規則，避免它成為現實。隨著兩人長大，互相扭打的情形已經減少。所以一段時間的空白，產生了這麼大的失算。父母覺得我們長大了吧。但黑白模糊的地帶，嘴上爭執更容易在心底累積仇恨。我們現在，正打算把所有的積怨都向對方傾瀉。不只是如此，那小鬼不僅不再哭了，前幾天，他還說想把十年來的正字標記「香菇頭」剪掉，理成小平頭，拉著母親到理髮店去。看起來，小鬼發生了很大的變化。我本來覺得他只不過是成了聒噪小學男生的常有打扮，本質上沒有一點改變。不過我這種想法一定顯露在態度上，那小鬼看了不順眼吧。不久前還天經地義和母親一同洗澡，最近都拒絕了。

弟弟充分殘餘著稚氣的眼光瞪視著我，我擋住他揮來的手臂，心中升起一絲寂寞。抓住他的手拉過來打量，不知不覺已經長得相當大了。小鬼抓住這微妙的空隙，右腳踢中我的下腹部。意料外的劇痛，令我放開抓住的手。我發出小小的呻吟，猶如不甘的嘆息，當場蹲下來。忍住疼痛與淚水，呆望著米白色地毯的花紋時，我戰意盡失，心裡思索的不再是求勝的招數，而是不會輸的方法。我抬頭望向他。只見弟弟背脊抵住紙門，保持可閃避反擊的距離，等待我下一個動作。

約三、四歲的時候，我很喜歡弟弟的手。儘管外婆總是撫著我的手掌說，好小哦，好美啊，但弟弟比我小一圈的小小手背上，有四個可愛的渦。我最喜歡把那雙太陽照射下，變成淡可可色的小手拉過來，不時欣賞或把玩。把那放鬆的短手指放在手掌心，用兩手包住它，享受柔軟的觸感和溫度之間，弟弟會用另一隻把玩玩具，或是沉浸在電視卡通的世界。過了一會兒，連瞥一眼也沒的用力將我的手甩掉。他本就討厭束縛，不管母親好說歹說，他就是不愛牽手，喜歡自己一個人走。我也就由著他。我家養的黃色阿蘇兒與弟弟，對我而言，是自由的象徵。不管再怎麼想擁有他，再怎麼想把他留在手中，他們一定會逃跑。這組對手讓我無法隨心所欲而惱恨，又嚮往他們毫不留戀的坦率。

弟弟出生之前，我是大人當中唯一的小孩，任何事都是由人決定。外婆牽我的手時，我連抽出手來甩開的想法都沒有，而是靜靜等著外婆自己放手為止。跟別人牽手的時候，總會想什麼時機放手才不會讓對方不愉快。大人叫我坐到腿上，我便心想如果我靠到身上，會很不舒服吧，所以總把背脊挺得筆直。就算是大人察覺，告訴我可以靠，但只要背部感覺到柔軟的腹部配合呼吸上下起伏，我就會緊張，不過又不能完全不靠，只好提高一點重心。總是孤獨的被推上舞台，小心留意不踏錯舞步，然後朝著黑夜漫舞而去。

有一天，媽媽要我摸摸她的肚子。我伸手靠在母親比平常緊繃的肚子上。誠惶誠恐放上去的手掌碰觸到T恤下面，母親說：「肚子裡的是你弟弟哦。」無形的存在宛如單純的預感般捉摸不著，但偶爾想到時，我便會丟開繪本，跑到母親身旁，把耳朵或手靠在肚子上，一再的問：還沒有生出來嗎？母親苦笑著回答，還要好久好久，睡過好多次覺之後才會生。

我有著強大的驕傲，媽媽生下來的既不是爸媽第一個孩子，也不是外公外婆第二個孫子，而是我的弟弟。母親從醫院帶回來一團白色的包袱，放在小床上。把那包袱像剝水果皮般撕開鄭重其事的裹了幾層的布後，出現了一個宛如幽靈般穿著連腳都包住的衣服的小寶寶。它和我在電視或照片中看到的嬰兒大不相同，皺巴巴又全身通紅，而且像牛蒡一樣瘦。雖然這嬰孩不像想像那麼可愛，但我還是一眼就愛上了弟弟。

母親解開狀似提鍋用的連指手套，裡面放著娃娃般的小手。我輕輕撫著那握拳的手時，母親說，你伸出手指，他會抓住哦。我把自己的食指，水平插進他的拳頭裡，弟弟微張開手掌，緊緊握住了它。嬰兒的手掌十分綿軟，而且冰冷得令人吃驚。如同亮片般薄而透明的指甲有點長。緊閉的眼睛睜開，黑眼瞳似在看著我，又往左右移動。然後縮進上方，變成白眼珠了。我害怕的說，寶寶的眼睛生病了哦。母親換著尿布只是笑，那是因為寶寶的眼睛現在還看不見啊。弟弟放開我的手指，皺起整張臉，閉上眼睛，發現嗚咽的哭聲，同時雙手在臉上抓搔起來。好了，弟弟要睡覺了。母親又幫他把手套進手套。小小指甲抓過形成的紅腫變成紅線，在胎毛未褪的臉頰上留下一條痕跡。

大人們吩咐我，嬰孩只能看不能摸。可是我好想親身照顧弟弟，我好想抱緊逗弄他。只有一次，父親讓我坐在他腿上，然後母親將寶寶交給我。不過才短短三十秒，就被抱走了。而且讓他睡進有柵欄圍住的新床，以免被我踩到。

弟弟只會睡覺，比想像還無趣。只有在需要母親的時候才睜開眼睛。我失望到了極點，變成了氣憤。有天晚上，我趁著母親不注意，爬上了小床的柵欄，鑽進弟弟的另一側，睡在他身邊，細細端詳他小手上一條條皺摺，和微張的嘴唇。由於睡得太久了，我不禁擔心他是不是死掉了。於是摒住氣息注視了許久，發現肚子附近的布有微弱的起伏。把臉湊進唇邊，聞到帶著甜酸的乳味。那是突出而新鮮，又乾淨的味道。

過了一段日子，弟弟變成真正可愛的小寶寶。雪白的肌膚、圓滾滾的臉頰和大眼睛，蓬軟的頭髮帶著褐色，渾圓的手腕和腳踝有了弧度，彷似被橡皮圈固定一般，街上來往的人們總會佇足說，哇，好可愛。

我的皮膚微黑，頭髮又黑又粗，兩眼斜吊又小。而且常被誤認為男生。靜默不出聲時，別人就會問「發生什麼事了」，因為我的臉看起來總像是臭著臉在生氣，或是有煩惱。相反的，弟弟常被當成女孩。略略下垂的眉與半開流涎的嘴，彷彿笑口常開，有種說不出的魅力。父親常常取笑我們道，姊姊把小雞雞忘在媽媽肚子裡了，所以弟弟只好帶著它出來。即使被人這麼笑話，弟弟的可愛還是我最大的驕傲。

我們最近很奇怪耶。我本想用極冷靜的口氣這麼說，但卻意外的冒出吶喊般的雷鳴。眼淚幾乎奪眶而出。自己打敗了既非父親也非母親，而是把姊姊惹哭了。小鬼的臉上既是得意又是內疚，朝下蔑視著我。很想把自己的心意告訴他，但卻不知如何傳達，令人心焦難耐。我們真的想打架嗎？我不知道拿這種問題問小五男生會不會太認真。但我是相信他才這麼說的。如果有想說的話，互相敞開來說吧。弟弟仍然一臉訝異，靠在紙門上，遲了半晌才默默的說，好啊。他臉色轉為乖巧，在我面前盤腿坐下。

一旦開始能自己走動，我就知道弟弟是個大膽、幽默的孩子。坐在學步器上，在房間裡盡情縱橫飛奔，不是衝進低一階的陽台擦破額頭到鼻間，就是把榻榻米上固定地毯的釘子一根根拔起來，把釘子頭放進嘴裡，像針鼴般從唇縫吐出一根根長針。這類事件成了全家人每天話題的中心。熱愛喝牛奶，總是手指著冰箱上的微波爐，喊「奶、奶、奶」。弟弟想要某樣東西時，強烈的意志總是令我們屈服。還有，頭髮稀疏的後腦勺下綁了一個圍巾的小蝴蝶結；從斜後方看，宛如數字3的額頭和臉頰輪廓。伸得挺直，幾乎趾甲都要變白的雙腳，支撐著包著尿布的大屁股，可愛的手為了立起食指，其他四指僵硬的握成拳頭，手臂則朝著微波爐方向用力伸直。看到此景，母親臉上露出又驚又喜的表情，把熱好的牛奶倒進奶瓶，彎下身子交給他。

兩歲左右終於開始會說話，母親會說，那孩子如果沒聲音就是在使壞，小心點。察覺「咦，怎麼一片寂靜」時，他的嘴裡已經塞滿了喉糖，整個臉頰鼓起來（母親伸手指進去掏，共掏出九顆黑呼呼的糖），或是站在冰箱前，把三盒納豆不沾醬油的全部吃下，全身癱軟。那些數不盡的英勇事蹟，破表的蠢蛋行為儘管讓人瞠目結舌，但我每次都能感受到心裡痛快的喜悅。自從充滿創造性和自由心靈、天天都製造各種我想都想不到的痛快事件的弟弟來到家中後，我再也沒有寂寞的時間。光是看著他，藏在自己心裡的許多欲望彷彿就能得到滿足。當母親盛怒之下把兒女拖出大門，把我們鎖在門外時，相對於攀著門板哭喊對不起的我，弟弟卻只丟下一句「這樣」，就跑出去玩耍忘了回家。母親見玄關靜得不尋常，偷瞄一眼大為洩氣，心想不會就這麼不回家了吧。反倒為他擔心起來。然後大聲呼喚他的名字，到處找人。我倒是隔岸觀火，看得非常痛快。不論他如何惡作劇，只要皺起鼻頭，瞇細大眼睛，露出「那張臉」的微笑，大家便連責罵的氣都消了。弟弟就是有這麼大的魅力。

我們各自坐在一角，靜靜凝視自己的腳尖好一會兒，沉默以對，不知道該用什麼方式開口，也不知該說什麼。弟弟看起來更加不懂，似乎覺得應該坐在這裡陪姊姊。可是一直以來，我們只會聊些電視裡的搞笑橋段，或是爭論玩棋盤遊戲中作弊了沒。四年前搬家後，彼此為了融入新朋友吃盡苦頭時，就算明知同在學校裡，也從來沒見面開口求助。

「我是想，」起了頭後我深呼吸了一口氣。弟弟吊著眼睛瞥了我一眼。看我沒有接下去，弟弟的視線又從我臉上轉開，開始玩弄自己的腳趾甲。我對你，一直有個想法。雖然視線直盯著腳，但我知道那小鬼全副心思都在等待我開口。

弟弟把我家的規矩整個推翻了。外婆幫我買新衣服，他就吵，只有姊姊有太過分。拉著外婆和母親到百貨公司童裝賣場隔壁的玩具賣場去。機靈的求買ＰＶＣ公仔、組合超人、筋肉人橡皮擦等得逞，破壞了只有聖誕節和生日才能買玩具的規矩。而我在旁看著，就算好想買三麗鷗的筆記本和鉛筆盒多於洋裝，也還是顧忌著不敢開口。我羨慕弟弟的天真坦率。大人們說，我的衣服很花錢，又說什麼都沒給弟弟買很可憐，所以才買給他。但我心裡，就是有些不平之氣。

不可能買給我的漫畫，弟弟堆積成山。因為父母說，不可以買漫畫哦，你要多看書。所以我的《哆啦A夢》、《怪醫黑傑克》、《海螺太太》、《小戀愛物語》都是在朋友或親戚家看的。只有生病沒去學校，到商店街的小兒科看完醫生之後，媽媽會帶我到一旁的書店買漫畫。所以，我的書架上，只有幾本不連號的爆笑漫畫和連載前後情節完全不明的漫畫雜誌。相對的，弟弟的《CoroCoro Comic》每期必買，還收齊了《七龍珠》從第一期到書背的龍幾乎完成的全套。那些都是週末出去購物時，用與指微波爐要牛奶同樣的強烈意志，發揮纏功直到父母買給他的戰利品。他很清楚到了週末，只要先籠絡好外公外婆的錢包，達成願望的機率就很高。由於玩具太貴，糖果又無益健康，玩一次百圓的扭蛋，接下來漫畫到手就容易多了。買了之後，那喜不自勝的表情，與迫不及待回到家就開始閱讀的孩子氣，在下一週又打動大人的心。大人嘴上雖然罵罵咧咧的說，這孩子太鬼靈精了。但大家都想再看到那孩子的笑臉。我也是一樣。

母親一星期只帶我們去超市一次，買五十圓左右的糖果給我們。我們最常買的是森永的巧克力球。我總是選牛奶糖口味，弟弟選花生。我討厭有包花生的糖果，不喜歡吃。

弟弟三十分鐘就把盒子裡的糖吃光了。我則給自己定了規矩，一天只吃三顆。用和弟弟差不多的時間吃它。我會把自己想像成在雪山遇難，身上只有這種食物，必須靠它度過一星期，抱著說故事的心情吃零食，所以可以忍得久。而弟弟則是迅速把自己的糖吃完，然後再三跑來問我：姊姊，你還剩下幾個。最後又來問：啊——，沒了。姊姊還有嗎？嗯，有啊。有多少？借我看看。我把還沉甸甸的盒子拿給弟弟，他抓住盒子上下搖了搖。盒子發出卡嗄卡嗄的聲音。然後，另一邊手也搖了搖自己的空盒子。沒有聲音。好好哦，姊姊的還有好多。真好。他恨恨的把盒子還我，留下這句話，就跑掉了。過了一會兒，又再度回到我身邊。姊姊，你還有嗎？我只吃了三粒就收起來，不用說當然還有，而且從剛才就沒減少。我又拿出盒子交給弟弟。弟弟上下搖了搖，一臉羨慕的樣子。給我一個，因為口味不一樣啊，他說。這時候，我真覺得我有個這麼可愛的弟弟，真是幸福。於是我對自己的規矩解釋，沒辦法，誰叫我們的口味不一樣呢。然後拿出一顆巧克力球放在弟弟手心。迷你可愛的手掌，為了怕巧克力球溜掉，很努力的彎成一個凹。即使從盒子裡一口氣倒出三個，我也全部都給他。第二天，第三天，每天我吃三顆糖的時候，弟弟一定在我身邊，於是，每星期他都吃掉我盒子裡一半的糖。

我想說，就因為我是姊姊，所以任何時候我都被迫要忍耐。我瞪著弟弟思索著。但我猜小鬼一定會反駁，沒有吧，姊姊才比較得人疼吧。於是，我們的對話最後就會淪為誰吃虧比較多的對嗆。這樣的話，打架也只是換成了嘴上爭執。跟平常的小競爭沒什麼不同。但是，這麼做就不可能去除掉我們心中的鬱結。

說實話，我也不明白為什麼心裡會對弟弟燃起那麼熾烈的對抗心理。看上去好像是我在三歲半前的獨生女生涯有多麼快樂，父母及外公外婆對我傾注了過多的寵愛，所以我想要將它奪回來。但是，從我的觀點來說，弟弟比我多了一個衷心期待他誕生在這世上的人，那多的一個，當然就是我。

說到底，我想我是在嫉妒弟弟善於撒嬌。我一直以為只有當乖孩子，大人才會疼愛我。而弟弟出生之後，更催化了這個角色。

因為你是姊姊。每當有人這麼說，我就興致高昂。而我一旦奮起，父母就高興。因為你是姊姊，安靜一點。因為你是姊姊，不要跟弟弟吵。因為你是姊姊，快去洗澡。因為你是姊姊，忍耐一下。這些說法我全都承受。聽到母親說沒有錢、很累，我就會焦急的思考，自己是不是該幫點忙，盡點責任。於是我放棄自己的玩耍、看書、休息的時間，擺出當姊姊該有的樣子。在家裡，只有寫作業的時候，可以免除這個任務。我的成績名列前茅，多半是因為這個緣故。

到了餐廳，弟弟明明食量小，副餐卻從炸洋芋點到聖代。我在旁看得捏把冷汗，但自己還是點了最便宜的餐點。我抱怨為什麼家事都叫我做，母親便說，如果弟弟跟我一樣大，他也會做哦。於是在我長大離家之前，家事就成了我的份內事。那段期間，我把因為弟弟而產生的積怨，全都報復在弟弟身上。在父母沒看到之處，偷偷推他一把，捏他一下，為所欲為。弟弟加入我的朋友一起玩的時候，我時常放他鴿子。即使如此，當弟弟被罵，我會站在母親面前替他出頭，「他說他知道錯了嘛，別生氣了！」可是當我被母親罵時，弟弟卻會不動聲色挨到母親身邊，嘻笑著敲邊鼓說，對啊對啊，姊姊好壞哦，對吧媽媽。母親回憶時笑了：不論是你還是弟弟，都讓我氣不下去。

總之，我對弟弟疼愛無法遏止。在那有酒窩的小手給我的無數回憶中，並未落下不安或寂寞的陰影。四歲的弟弟還沒有零用錢的時候，生日會上混在我朋友中，必恭必敬的交給我一份用粉紅色小色紙做的禮物。裡面放著我平常用的髮夾，我說，這個本來就是我的嘛。逗笑了現場每個人，羞紅了他的臉。剛進小學的他，用剛學會的文字，全心全意的畫了他最喜歡的帕門小超人，寫了信給我。一年級的小毛頭，竟然有膽對向我惡作劇的四年級學生大叫：別欺負我姊姊。緊抱住我、想保護我。

偷偷從母親鏡台拿走我的髮夾，笨拙的折了色紙，用膠帶固定。不會畫帕門超人的圓形頭盔，所以從廚房找了一個杯子，用鉛筆描。寫「這裡我用杯了畫的哦」少寫了一劃。那些畫面歷歷在眼前，光想都想得出來。那雙打我、保護我、逗笑我，願意讓我握一下的手，從它們所在之處，我發現了從來不知道的深厚感情。

最後，從嘴裡說出口的竟然是這樣的話。其實我一直羨慕你。朝那小平頭拋出的話嚇到了我，淚水泉湧而出。心裡的一個結打開了，我開始把自己身為姊姊，對這小鬼的種種軟弱情感，從想到的地方開始一一坦誠相告。那時候其實是這麼想的，這時候雖然那麼做，但說不出口。說出這些話後，覺得丟臉極了，低著頭不敢抬起來，手指不斷描著地毯上的格線。我才一直羨慕姊姊呢。弟弟終於開了口。從何時開始，他說話口氣這麼老氣橫秋？我驚訝的抬起頭，但見他鼻子紅通通的，正用袖子搓掉臉上的淚，我忍不住笑了。我以為姊姊應該更強的，小鬼說。你今天也比我想的更強哦，我掩飾羞赧的頂回去，心裡卻暗暗發現，雖然小鬼的平頭和老成口氣還不太自然，但滿會說話的嘛。

直到最後，我也沒搞懂如同太陽的弟弟，為什麼會羨慕我這個少了光就不存在的影子。不過，很可能現在小鬼也同樣覺得不可思議，為什麼姊姊會羨慕這個先有她才有我的弟弟吧。唉，算了，去看電視吧。我把小鬼趕到客廳，轉過身來背著門，獨自回顧這個房間。左右對稱的書櫃與桌子儘管相似卻又早已不同，但仍同樣在夕陽映照下發出閃耀的光。

覺覺

ねんね

原以為胎位不正，從腳先生出來，結果聽說屁股先出來了。就算是三十五年前，但也太說不過去了吧，母親說。預期產的三天前才發現，這醫生太奇怪了。我看不是，就算先發現了，也可能因為媽媽太胖，沒有我轉身的空間。母親把我的挖苦當成玩笑話，噗哧笑出來，我也只好跟著嘿嘿嘿的笑了。

為什麼不餵母乳呢？這個問題是每次當我或弟弟身體不好時，一定會拿出來討論的話題。懷我的時候，母親體重增加了二十公斤，醫生診斷患了妊娠毒血症。母親躺在陳舊的診療室床上，臉色如同栗子樹皮，雙腳腫得快撐破。加上胎兒又胎位不正，已經逼近臨盆時間，都還拿不出解決辦法，母子當然性命垂危。我嘀咕道，倒不如說最後用自然分娩、從容不迫的健康生下我，簡直是奇蹟。母親用事不關己的口氣說，多虧助產士很厲害。

生產告一段落後，我立刻被抱離母親身邊，跟其他的寶寶躺在一起。母親必須立刻進行抗生素的治療，未被告知便服用了停乳藥。經過兩三天，乳房一直沒漲起來，有些擔心之下去問醫生，聽到服用的藥大為震驚。看母親說得瞪大眼睛，我也吃了一驚。如此茲事體大的用藥，竟然沒告知病人，這個醫生也太胡來了。不過原本乳房就是由血液組成，吃了大量抗生素的話，就不能授乳。母親連這一點都不知道，也不知算是天真還是無知。我失望的說，那我連媽媽的初乳都沒喝到哦？母親含糊的回答，有喝到一點點吧……大概第一個月的時候。母親的確有這種習慣，明明沒可能的事，卻因為罪惡感而努力編出「善良的謊言」。儘管我自己都當了母親，也用母乳哺乳，她還說得出這種不可能的謊言。我刁難的說，感覺好像從小就被虐待了耶。早知道要說謊，不如懷孕期間做好飲食管理不就沒事了。我也沒辦法呀，母親說，因為獨生女懷了第一個孫子，外公外婆喜出望外，準備了一頓頓豐盛美食，就像進了龍宮，「怎麼好意思拒絕嘛！」把責任全推給別人。但她還是堅持餵我喝過一點點母乳的說法，不肯承認說謊，想來是因為她無法忍耐把任何事都歸咎於自己吧。於是，本想繼續刁難她「可信度快降到零」，最終還是吞了回去。

我沒有吃母親奶的記憶。不只沒有吃奶的記憶，也不曾為自己嘴饞而害羞——含著奶脹的乳房，從極近處看著那大山般的隆起而臣服，埋著頭、塞住鼻孔，彆氣直到痛苦極限，才好不容易吸到一口大氣；不曾一雙小手輕靠著露出青筋的雪白肌膚，懷念母親心跳的聲音，更不曾有因為吸不到奶而氣得朝乳頭一口咬下，或是邊用右乳滿足食欲，邊用指尖玩弄左乳頭的記憶。話雖如此，因為那時還是小嬰兒，就算是喝母乳的人一定也沒有這些記憶吧。不過我猜想，即使在意識中不記得，但那些訊息仍深眠在大腦某個角落的人，與完全沒有那種經驗的人，應該還是有點差別吧。而且，就像偶爾遇到喝母奶長大的人，若是我過了兩歲，到三、四歲仍在吃母奶的話，那段記憶還是會留下某些小片段吧。以前甚至還有人喝母奶喝到六歲，所以對那些人來說，吃奶就會成為難忘的美好感覺之一，一輩子刻在心裡吧。這麼一想，我就對經歷過那種經驗過一生的人豔羨不已。

沒吃母奶長大，我心裡並沒有遺憾。會有這種想法，是在自己成了母親，經歷過用母乳哺育兒子之後的事。兒子是個非常迷戀乳房的寶寶，隨時都纏在我的胸前。

即使是幫他換衣服，或是在浴室裡洗頭，只要採取臉面對我胸口的位置，他就會近乎無意識的把乳房放進嘴裡。不管是在百貨公司電梯前，還是捷運的座位上，他會把我穿的襯衣從牛仔褲裡拉出來，意圖翻上去露出乳房。害得我一臉尷尬，慌忙把衣角拉回去。

即使是不可能肚子餓的時段，他也會像我嘴邊無聊時抓零食般吸一口乳房。想睡了、無聊了、跌倒痛了，他一定先尋找乳房，小吸幾口，就能再度打起精神走進世界，或是回到夢鄉。我想，乳房的功能已經完全超越食物的領域了吧。而且我不禁認為，他眷戀的是乳房，而不是母親。如果我沒有乳房的話，感覺上他會直奔不會在家事空閒時草率照顧他的人，不管是父親也好，外公外婆也行。不管怎麼說，對初探人世、經驗過種種衝擊的小孩來說，當他帶著辛酸回到家，乳房是唯一能默默接受自己的存在。有人將它和母性連結在一起，但乳房和母親最明顯的不同，在於它不會擔心憂慮，不會追問哭泣的原因，沒有多餘的雞婆，所以孩子沒有壓力。孩子與乳房坦然相對，也許只是想靜靜的在心中整理自己遭遇的狀況。我的兩顆乳房就是用這種方式教會我終極的育兒哲理，甚至於人際關係——也就是默默接受一切事物應有的樣貌。

長久以來，我以為沒有東西可以取代乳房的記憶。後來想到了一個。那就是我長年寄予絕對信任的枕頭。

三四歲的時候，大人第一次買了屬於我的枕頭。兒童尺寸，上面印著小甜甜與兒時玩伴安妮在草原上奔跑的圖案。

白色，長方形，兩側有花邊，為優質睡眠設計的構造或其他功能一概闕如，是顆標準的枕頭。拆開枕套之後，表面是一層像冬季洋裝的內裡，觸感柔滑的布料，包覆著枕心。枕心裡塞了份量既不會太多也不會太少、適度讓枕頭蓬軟的棉絮與蕎麥殼大約各半。我是在什麼樣的誘因下，第一次接觸到本應隱藏的枕心主體呢？應該是母親想清洗用髒的枕頭套吧。一定是這類的原因。

認識枕頭之前，我也沒有碰觸過母親乳房的印象。因為有了弟弟，所以從很早的時期開始，我就沒有和父母蓋一床棉被睡覺。做了惡夢，鑽進母親被窩的經歷是有過，可是我摸的是永遠穿了小金耳環的耳垂。即使如此，時間也不長。因為我鑽進被窩後，母親總會喊我「靠過來」，然後一把把我緊緊抱住。那種狀態下，我擔心母親的手臂會不會被我體重壓痛，身體變得緊繃。而且母女倆抱在一起，兩人的體溫把被窩蒸得非常悶熱，呼吸困難，所以我馬上甩掉媽媽緊箍的手臂，背過身去睡，或是回到自己的棉被中。

但是，我有了別的心愛之物。它們都同樣擁有具特徵性的觸感。我很喜歡線頭打結處，軟軟的聚成一團變硬的末端部分。我會把指腹貼近到快碰觸的距離，輕掠而過。擅長女紅的母親為我縫了丹寧布繪本書包，上面繡了個側臉女孩。女孩手拿著一籃玫瑰，一朵朵都是用線縫成圓圓的丸子狀做成的。我最愛撫摸玫瑰的部分。豔紅的玫瑰顏色不久褪成了粉紅。此外，母親縫製了幼稚園木椅用的坐墊，繡著兔子和熊在玩翹翹板的花樣。我也常會摸摸動物的眼睛部分。

枕頭的主體沒有「弧」的部分，只有周邊一整圈縫線，將兩張布拼在一起縫成袋狀。可能為了再補強，縫線內側一釐米處還有另一條縫線。我很喜歡那兒布有點硬的觸感。尤其是四角尖尖的部分，我喜歡把它們揪起來捏成硬硬的，然後用嘴唇或指尖用力撥動。晚上睡覺時一定要玩，早晨醒來坐在被窩裡，我也要一直摸著玩著，直到母親催趕。有時把它放進嘴裡，或是讓手腕到手肘內側滑過它。同時，也像小寶寶吸奶一樣放在嘴裡咀嚼。

這種觸感從指尖逐漸擴大，宛如自己完全被包裹起來般神奇。一切的擔憂離我遠去，好像終於能鎮定下來，找回了自己。那也是一種安心感，但與被母親擁住時所感覺到的，完全不一樣。

不知從何時起，周圍的大人把這顆枕頭取名為「覺覺」。我不論走到哪裡都帶著，晚上沒有它就睡不著。

有一次我把覺覺遺落在母親帶我去的銀行。到了傍晚，我發現覺覺不見，又哭又鬧。母親醒悟到枕頭忘在白天去的銀行裡，立刻跑到已經拉上鐵門的店鋪，向警衛說明了梗概，才帶了枕頭回來。

不管去幼稚園，或是當上小學生，我都不曾與覺覺分離。不僅如此，回到家，除了吃飯時間，我一直把這枕頭放在自己身邊。儘管並不需要時時刻刻觸摸它。但只要有點想摸的時候，我希望它能在伸手可及之處。吃飯時間是最無聊的時候，因為雙手和嘴都在忙，沒空碰覺覺。其實我經常想，自己不吃飯也能活得好好的。鑽進棉被到睡著前，也一直摸著它。過敏性鼻炎造成鼻子阻塞，必須用嘴巴呼吸的日子，我仍會用嘴巴嚼著，直到沒空氣，必須大吸一口的時候。

後來，父親開始取笑我，像是，怎麼老像個小貝比一樣帶著覺覺呢？怎麼又在摸呢？三不五時就被父親取笑的我，有時也會不高興的回擊。不過，對於覺覺，我決定不管他怎麼取笑，我都不回嘴，用安靜羞赧的方法忽略過去。只要摸著覺覺，我就覺得幸福，別人說什麼討厭的話，我都無所謂。

小學到了中年級，父親的嘲弄傳染給了母親，我自己也萌生出避著外人眼光摸覺覺。不過，因為弟弟也有條粉紅色、已經玩得破爛不堪的毛布，叫做睡覺覺的毛巾。所以，這好不容易成為我不用放棄枕頭的藉口。然而，可能心裡還是有點在意吧，偶爾我會做到以覺覺為主題、羞於啟齒的夢。在夢裡，早上我跑進教室道早安，把紅書包放在桌上，打開書包想拿出課本和筆記本時，竟發現一本課本也沒有，只放著被我摸得破破爛爛，而且因為髒污而變成暗褐色的枕頭。我感覺背脊一陣發涼，嚇得心臟快跳出來，幾乎就要尖叫出聲。我心裡七上八下，趕緊把書包蓋上遮住枕頭。視線遊走四周，心想，應該還沒有人發現吧。沒料到，班上最多嘴的男生與我四目相對，大聲嚷著「你帶什麼來」引起騷動。最後全班都發現覺覺的事了。

後來，走出家門前或上學途中，有時會突然不安的想，書包該不會真的放了覺覺吧。每逢此時，我就偷看書包，確定課本還是好端端的放在裡面。其實，即使是上學或外出，我也常會感到焦慮，很想摸摸覺覺。後來，當覺覺不在手邊時，我懂得去找類似素材的物品。像是防風夾克的衣襬、手帕刺繡，或是雨傘布面的折角。

覺覺一直陪我到國中二年級秋天。它已不墊在腦袋下面，而是用來撫摸。小學的時候，父母又買了一個枕頭給我睡覺用。雖然那也是我的枕頭，但在我心裡，還是塞滿蕎麥殼與棉絮、保護套早已丟棄、只剩枕心的覺覺，才是真正的枕頭。那時候的覺覺，外表布面已經磨平，以前的彈性完全不見。每天早上，我都得在棉被上撿拾一顆顆從各處掉出來的蕎麥殼碎片，若是發現新綻開的破洞，就自己把它仔細縫好。這成了我每天的例行工作。

覺覺已不再是可以簡單定義為重現幼兒時期被保護感，或延長懷舊的用具。它成了更個人的強大支柱，好像那天若有什麼打擊，只要回到它身邊，就能重新站起來般。揉尖的布角帶著不致疼痛、但程度剛好的刺激感，當我的指尖接觸時，那種環繞全身的感覺，已非一句安心感可以道盡。從面對世界的任務中解放，停止的呼吸再次復甦，讓新鮮的空氣重新循環在身體中。緊張的肌肉釋掉多餘的力氣。眼中雖然照映出房間裡所有的景物，卻在凝視著自己。眼中所見的一切，不像平時嘮叨的敘述著該如何使用它，而是靜默的，只是個站在那裡的單純物質。嘈雜的訊息也像被阻絕在隔音玻璃外般，不再具有意義。全身的神經都集中到指尖，好像自己已不是用身體區隔的個人，而是像石頭、空氣般，純粹只是構成這世界的一個元素而已。只有在觸摸覺覺的一角時，我才能完全躲進自己的世界中。而且，關進自己世界的意思，同時也是與世界融成一片的意思。理智運轉時出現的不協調感——意義、規則、過去或未來所擺布的自我焦慮——與覺覺在一起的時間中，完全都感覺不到。

上了國中，我還是和弟弟同住一間房。那天，也像平常一樣，我穿著一件顏色就像在深藏青外包了一層髒髒褐色薄膜的制服裙，兩腿張開坐在地毯上，在開成扇形的腿間發撲克牌。突然有種怪怪的感覺，我不經意朝裙間瞥了一眼，內褲已經染成紅褐色了。我像在書包夢境裡一樣，故作鎮定，但心裡十分驚慌。為了不讓弟弟發現，我不動聲色的走出房間，進到廁所，心裡明白體內有東西流出來了。於是我直接跑到廚房母親身邊，悄聲告訴她初潮來了。

那天晚上的晚餐桌上，我一面扒著紅豆飯，獨自默默的奮戰著。母親話中「這孩子以後就能生寶寶嘍」所透出的意義，隱隱喚起我夾雜著不安與放心的奇妙傷感。

身體未跟隨自己的意識獨自長大的事實令人害怕。以後，我就是大人了。身體傳達的訊息，讓我不得不接受這個想法。但腦袋裡，昨天和今天並沒有不同。我覺得自己需要一個變化來象徵決心。

不到一個月，我有了自己的房間。是一間窗口向北、四蓆半的正方形房間，原本是母親做副業在用的。所有的衣物都搬進來堆在黯淡的蒼綠色地毯上。我坐在分解成一張的兩段床上。直到昨天，我與外界的分界，是自己皮膚的內側和外側。但牆壁圍成的這個四方形小空間，好像把界線稍微擴充了。我呆坐了一陣子之後，走出自己的房間來到客廳，在躺著看電視的父親和弟弟身旁，拿了一張坐墊靠頭，也躺了下來。在第一節廣告時，我坐起上半身，向大家宣告，下一次垃圾回收日，我要把覺覺丟掉。大家的目光全轉向我。怎麼這麼突然？沒關係嗎？母親擔心的問。我附到母親耳邊小聲的說，既然月經來了，我該戒掉了。隨即站起來回到自己房間。然後，一屁股坐在鋪好墊被的床，撫著心愛的覺覺，許久許久。

初戀

はつこい

八重暑假要去上安親班，五點才會回來。所以，今天我也跑到樓上，去按小隼家的門鈴。卡擦，門發出開鎖的厚重聲音，阿姨的臉從門那頭伸出來。哎喲，歡迎光臨。小隼在家哦。我表明來意前，阿姨就搶先說了，然後把那對小眼睛瞇得更細的擠出微笑。我感覺自己對小隼的心意被她看穿，害羞的轉開眼光。脫掉踩平的運動鞋站在廚房，聞到了別人家的氣味。

有點忐忑自己的到訪會不會打擾別人，但又從半開的拉門，偷偷的打量客廳。只有夏天才在地毯上鋪的涼蓆，小隼臉朝下的俯臥著。他從正在看的漫畫中抬起頭，「哦！」有點驚奇的跟我打招呼。冷淡的、一如往常的反應，讓我放下心來，微微笑了一下。

夏天的傍晚，在原本應是暖桌的四方形矮桌前面對面坐下，轉過頭與他同一方向看電視。四點一到，小隼每天絕對要看的是用錢幣當暗器教訓壞人的古裝警探劇。

我們沒有交談。與小隼在一起的時候，不用說話也很開心。一種從別人身上感覺不到的奇妙氣氛充滿在體內。今天也順利逮捕了殺人犯。五點了，接下來要去找八重玩，所以我跟小隼道別。

小隼家櫃子上擺了兩張照片放在相框裡。靠裡面的水手藍相框中，是三個打赤膊男孩，和一個女孩嬉笑的照片。前面那張則是男孩和女孩身穿幼稚園灰制服，頭上戴著用金線繡了園章的貝雷帽。我們都是青梅竹馬。

照片中儘管是幾年前的我們，但現在都已長大到彼此快認不出來的地步。彷彿照片裡是哪些不認識的孩子。我怎麼想也記不起大家光著身體玩水的事。因為沒有印象，更加覺得那不是自己。穿著制服面對鏡頭的男生，因為靠得太近，焦距糊掉了。即使如此，蒼白的肌膚和火柴棒似的瘦腿，如同一筆畫般的細眼和頂端尖起的鼻、大大張開的鼻孔，和紅而薄的嘴唇，一看就知道是小隼。

我家剛搬到社區裡的時候，小隼就已經和爸爸、媽媽三人住在我家樓上。附近人家沒有年紀相近的女孩，所以母親經常讓我去和大一歲的小隼一起玩。

小隼有兩個同齡的男生好友。我也經常加入他們和小隼一起玩。一個叫小裕，另一個叫文雄。雖然樓層不同，但都住在社區裡的同一棟樓。我們四個人也上同一間幼稚園。

小裕和文雄經常捉弄我。在回家的娃娃車上，兩人坐在我後面的位子，熱烈的討論剛撿到的松樹毬果。我一時好奇，轉過身朝後跪坐在位子上。兩人抬頭看到我，就小聲說起悄悄話，不懷好意的笑笑後，異口同聲說：你不行，不給你看。

男生們經常用這種方式，將我這女生排除在外，我已經習慣了。無奈之餘，我又轉回前面，不再理會兩人。小隼隔著通道坐在小裕旁邊，默默的呆望著前方。

娃娃車開到社區前，我先下車。兩人從後面追上來說，這個可以給你看。他們的態度九十度大轉彎，文雄把手上的毬果爽快的伸給我看。我目不轉睛的看著文雄手上的毬果。你再看仔細一點啊，小裕說著，跟文雄使了眼色，要他拿給我。我湊近臉仔細審視自己手掌上的毬果。每一房都有個眼珠的花紋。與小隼那本妖怪圖鑑裡畫的百目鬼一模一樣。

啊，看到了，她長鬍子了耶。小裕喜孜孜的說。文雄舉高了兩手開始起鬨，鬍——子、鬍——子！我反駁說，我是女生，不會長鬍子啦。你不知道嗎，碰到毬果的女生就會長鬍子哦。說完，兩個人圍著我又叫又跳。我的視線愣愣的落在自己的手掌。天啊，我做了什麼呀。心裡慌張起來，想把毬果塞給他們兩個，還給他們。可是兩個人都不接受。我生起氣來，淚水從眼中一滴滴掉下來。哎呀，怎麼哭了，出了什麼事？接完孩子還與鄰居聊得正酣的母親們注意到我，全都聚集到我身邊來，又一起對著小裕和文雄劈頭責備。社區裡的母親把其他家的孩子都當自己的孩子罵，也當自己的孩子疼。兩個男孩被罵得縮頭縮腦。我邊哭邊用餘光偷看他們，在心裡吐舌頭，罵「活該」。小隼站在稍遠處看著整個過程，這時候他在想些什麼呢？我完全不知道。

小裕有弟弟，文雄有妹妹，但小隼是獨生子，所以我們經常在小隼家玩。社區的房間都很小，家長多半會把孩子趕到朋友家去玩。但小隼的媽媽不知是不是擔心小隼沒有兄弟姊妹，會感到寂寞，還是因為不管再怎麼吵，住在樓下的我母親從來不會抱怨，她隨時都打開大門歡迎我們。

男生們將他們用橡皮擦做成的超級跑車（譯註：超級跑車造型的橡皮擦，七〇年代在小學男生間造成流行，七九年進入鼎盛，大多小學生買來都不是用來擦去痕跡，而是玩耍）收集在糖果罐裡帶來，著迷的用波克西鉛筆（譯註：三菱BOXY油性原子筆，玩法是利用BOXY原子筆的按鈕彈飛跑車橡皮擦。由於BOXY有平面部分可貼放在桌上，因此小學生視為珍寶）彈著玩。我沒有超級跑車橡皮擦，只在一旁觀戰，也不想特地收集橡皮擦，加入他們的行列。有時光是看著男生們自得其樂的樣子，也滿有趣的。

三人不厭其煩的改造車子、研究彈得更遠的方法。為了加快車子速度，在車體底部釘了兩個訂書針，金屬的針在地板或書上更好滑。男生們煞有介事的煩惱，是否要為寶貝藍寶堅尼或保時捷打洞。若是弄錯了釘針的方法，便哀聲嘆氣的說「啊——，早知道就不要釘了」。他們不是面對面坐在暖桌前，就是躺在地上，各別採取習慣的姿勢進行作業時，我總是坐在小隼附近。小隼邊做，還會一邊向我解釋這輛車搭載的是什麼樣的引擎，那輛車的車門是往上開啟等等。不過，這些訊息引不起我的興趣。我眼裡看到的只是單純的車，分不出哪輛是保時捷，哪輛是藍寶堅尼，所以只好用橡皮擦的顏色去記憶。然後裝做很懂的樣子，不時找話跟小隼說：「這是藍寶堅尼，對吧。」

我說，我也想玩，小隼便把自己的橡皮擦和原子筆借給我。親身體驗之後，沒想到很有趣。偶爾幸運彈遠了，男生還會歡呼興奮，讓我相當得意。後來小隼把他已有兩個的粉紅色藍寶堅尼送給我。

四個人全趴在廚房地板，檢查各自的機械狀態，然後差不多就會來場比賽。大家把耳朵貼在地面，放低視線，用力一按原子筆，橡皮擦飛彈出去時，看起來就像車子真的在眼前飛馳而過。而且自己彷彿就坐在左側的駕駛座。

好吧。我們來比賽嘍！小裕揮著拳頭吼叫。

小隼的媽媽有時會在家，有時丟下一句「我出去一下哦」就出門，可能去超市打工或是買東西。阿姨一離開家，小裕就會開始玩變態的遊戲。就是大家猜拳，如果我輸的話，就懲罰我的遊戲。男生猜拳輸了，也會懲罰，可是不知道什麼道理，我總是被設計猜輸。勝負決定之後，小裕會朝大家立起左手，然後只按最後贏的人的全名字數，從姆指到小指，連同指間一一數算。停下來時，用右手食指按住。接下來再口中唸著公的、母的、親親、褲子、脫，按相同順序，用右手拇指數。拇指到達食指的位置時，小裕就大叫，啊，是親親！男生大聲哀號著，逃進小房間裡去。懲罰遊戲的內容，就是我追到其中一人，跟他親親。我追起他們。看上去我好像在追大家，其實總是追小隼。不過，偶爾我也會假裝交互追其他兩人。

當時只有我還在念幼稚園，男生們都上小學一年級了。上小學的男生把新遊戲和惡作劇帶回家來。而且，會在大人看不見的地方，偷偷玩這種其實不可以玩的遊戲。

小隼與我獨處的時候，態度與和其他男生一起時有一點不同。和其他男生玩的時候，會一起取笑我。其他孩子對我惡作劇，他也不會插嘴。

小裕做得太過火的時候，我也有我的對策。男生們最怕女生哭，所以只要我被拉進無聊把戲時，只要假哭就行了。我一哭，男生們就愣住，臉上露出沮喪的表情。然後，他們會彎下身，偷看我俯低的臉。互相竊竊私語開始討論「她假哭吧」或是「好像真的哭了耶」。假哭沒效的時候，我就回想在繪本或電視上看的可憐故事，就能努力擠出真的眼淚。所以當大家一起說「對不起哦」時，我也會做鬼臉說「騙你們的啦」。不管哪種結果，最後遊戲都會導向友好的氣氛。

只有一次，隼人在大家面前幫我說話。隼人有很多漫畫書，其中我們最愛完整全套的《哆啦A夢》，經常搶著看。小隼討厭朋友看漫畫，他寧可一起玩，不願意看他隨時都能看的漫畫。

但是遊戲與遊戲之間，必定會出現看漫畫時間。四個人一聲不吭，靜靜的坐著沉浸在自己的世界。我母親可能都會感到奇怪，樓上怎麼突然安靜下來。

那天，我從書櫃中選好的《哆啦A夢》，被小裕一把搶走。就在我們倆相爭不下時，小隼把漫畫放一邊，站起來走近我們，拿起小裕手中的《哆啦A夢》，然後遞給我說：「來，我借你看。」我接過漫畫，目送著小隼離去的背影後，給了愣在當場的小裕勝利的一瞥，回到自己的位置，理直氣壯的看起《哆啦A夢》。

上小學前的春假，我家樓下搬來一個新家庭。從三樓窗口看著下方的搬家公司卡車，母親大為失望，說，哎呀真討厭，又是男孩。他們一家在我換睡衣的時間來問候。眼角下垂看起來很慈祥的媽媽，和躲在後面的小孩從我家大門外走進玄關說，你們好。不好意思這麼晚來打擾。我們剛搬到樓下。白天母親看到的男孩，其實是個清瘦黝黑，有一剪短的捲捲頭的女生。母親們很高興彼此都有個同年的女孩。那個叫八重的女孩，不發一語的遞給我一個用軟糖做的花束，然後又立刻躲在媽媽身後。

八重搬來之後，我去小隼家玩的次數便少了。雖然我們不同班，但放學後或假日也都一起玩。我只在剛開始的時候，帶八重去小隼家玩。旁觀男生們玩的遊戲方式，八重覺得很無聊，玩到一半就回家了。的確，我與小隼幾乎沒有同樣覺得有趣的遊戲。我不懂棒球的規則，只會揮棒。玩扮家家酒的話，小隼去公司上班就不回家了。不如只有兩個人獨處的時候比較好玩。從小時候就在一起，所以不用刻意說話，各自玩自己的，也都沒有奇怪的感覺。

長大以後要當我們小隼的新娘哦，阿姨在社區樓梯間遇到我時，眉開眼笑的這麼說。我也曾茫然的想過，未來有一天一定會這麼做吧，想像著模糊浮現的未來。

在學校時，我完全把小隼忘到腦後。好像我平行生活在家裡周邊和學校兩個世界。隨著升上二年級、三年級，我喜歡上班上的男生，和他們一起玩。在與他們打鬧、吵架當中，出現了一個有點心儀的男孩。即使如此，小隼還是跟他們不同，並不因為年級改變，就會疏遠。對我來說是個特別的人。

在校園或體育館走廊與小隼擦身而過時，我們只會有眼神交流，既不稱呼彼此，也不會停下來說話。我甚至覺得，以這種方式在人前隱藏我們交情很好的態度，才更能反映出自己和小隼之間情誼的深度。

某個放學之後，我在家門前與小隼玩耍時，久惠從旁經過。她長得白皙美麗，與小隼同年級，跟我同一個芭蕾舞教室，但上的是高級班。她們幾個女生一起走，注意到我們時，只有她停下腳步，「喂——」的大聲喊著，同時把手舉到頭頂上揮動。這個我崇拜的女生，幾乎連交談都沒有過，現在卻向我打招呼，就在我也想舉起手時，她大聲喊了小隼的名字。你在做什麼？小隼聽到她的叫聲，害羞似的回答，沒什麼。明天見，拜拜。久惠揮揮手。小隼也不好意思的揮手回應。你認識她啊？嗯，同班。小隼又回到遊戲中，好像什麼都沒發生。但是，知道了兩人在學校很熟，我感受到一種陌生異樣的心情。並不是好的心情。第一次意識到小隼也在我不知道的另一個世界生活。

上了三年級，我開始會和四歲的弟弟一起到小隼家玩。年紀小的弟弟愛玩假扮遊戲和堆積木，怎麼也玩不膩。

即使是主要為了哄弟弟而玩的遊戲，小隼也經常陪我玩。我想與其獨自一個人，他喜歡有人在旁，不論是誰，他都樂於接受。與弟弟在一起時，我跟和男生相處時不太一樣。可能比平常兇一點，自我主張更清楚，也會照顧別人。小隼看到弟弟和我之間親密的關係，可能感到嫉妒吧。

弟弟沉迷的玩著堆積木時，小隼對我招招手，像要說悄悄話般，把兩手靠在嘴邊。我們去那邊學大人玩親嘴好嗎？這個與遊戲無關的唐突建議，讓我呆了一秒鐘，然後歡喜的心情立刻獲勝。小隼對弟弟說，直到我說可以，你才能進來哦。然後把客廳的拉門關上，與我一起躲在小孩房裡。弟弟很天真的照著小隼的話做。

親親這回事，之前我在遊戲中也和班上的男生親過。不是像以前追小裕那種親臉頰，是親嘴巴哦。我問小隼，大人親嘴要怎麼做。小隼說，要躺下來。我們一起躺在地毯上，小隼扶住我的肩，將閉住的嘴貼到我的唇上。然後輪流的騎在對方身上，或躺在下面。滾到位置後，要靜靜維持一段時間，然後在小隼一聲令下「交換」，再翻滾到對側。兩個人簡直就像個大木桶，滑稽極了。我因為經常鼻塞，所以必須不時移開緊貼的嘴換氣，而輪到我在上方時，又怕瘦小的小隼承受不了，所以很快又滾回地上。小隼每次呼吸時，從大鼻孔吐出來的氣噴到我臉上，有一種在家人中從來沒聞過的，有點冷漠的味道。

弟弟在房間另一邊叫我們，你們在幹嘛，好了沒有？小隼和我分開身體站起來，打開拉門，說了「什麼事也沒有」的謊，三個人繼續玩積木。

有段時間，只要去小隼家玩，腦中全在想著大人的親嘴。小隼什麼時候還會再提議做那件事呢？我惦記得不得了。然而，小隼本人彷彿從來沒發生過那種事，既沒有以那件事做為話題，也沒向我表示想再玩一次看看。經過了好幾天，我一個人到小隼家玩，我們靠在暖桌一起看卡通的時候，我問小隼：要不要再玩一次那個。小隼天真的回答，那個是什麼？這話讓我無地自容，立刻把話題切換到卡通的內容，蒙混過去。

四年級夏天，母親和小隼的媽媽在社區下方站著說話時，決定了讓孩子單獨去市民游泳池。小隼沒有約小裕、也沒有約文雄，所以我有種受邀約會的飄飄然。我們各自騎上腳踏車，沿著河邊平行的道路直往市民中心。我追在小隼身後，小隼不時無言的回頭，調節腳踏車的速度，以便與我維持剛好的距離。穿越平交道，行經小隼媽媽打工的超市，再經過很多個社區，來到一棟紅磚的建築。停下自行車，分別進入男女生更衣室，然後約好出口見。我們兩人都穿著學校穿的藏青色游泳衣，連帽子都戴好。小隼扮個鬼臉，從游泳池畔傾斜身軀跳進水中。我用手舀一點池裡的水，拍打在身上，從腳趾頭開始慢慢走進水裡。

儘管暑假幾乎快要過完了，但游泳池裡，隨著時間過去，遊客還是不斷增加，就像個大溫泉池。看來要從池的一端直線游到另一端相當不容易，而且我也不太會游，所以就跟在小隼後面。小隼兩手划起的水沫，在陽光反射上晶瑩閃亮，宛如連串鑽石碎粒形成的拱廊後面，我看到小隼極少顯露的歡樂表情。我們一句話也沒有交談，耳裡只聽見群眾們製造出來的噪音。只有在小隼潛入水底，我找不到他時，小隼呼叫我名字的聲音，才能排開群眾的雜音，傳到我耳邊。我轉頭望向聲音的方向，小隼笑呵呵的看著我。為了炫技給我看，他大大揮動雙手，歪身跳躍，直接消失在水中。小隼的影像如同慢動作般在眼前流過。

我和小隼都沒有料到，那會成為最後一次快樂的回憶。接下來的春假，我們家決定搬到遠方。不知道這件事的只有孩子們。大人們也許全都瞞著沒說。他們搬得並不遠哦，他們說。但對孩子而言，距離重要的程度，足以影響朋友關係的一切。我從此知道，一個人待在爬上樓梯隨時能見到的距離，才真正能成為重要的人。

搬家的那星期，我也到小隼家去。小隼如同一般面無表情的向我「哦哦」的招呼。兩人沒說什麼話，到了傍晚，一起看電視，五點時道了再見。搬家那天，我和母親一起去道別，小隼說再見時，冷淡的表情與平時沒有兩樣。我也說了再見。很想多說點什麼，但想不出什麼該說的話。

搬家之後的幾年，每星期六，因為要到和小隼去過的市民中心上芭蕾課，所以我會經過社區所在的街道，回家時，一定會到八重家玩。好像唯有回到社區的時候，才能回到真正的自己。這種日子持續了一陣子，我也去小隼家拜訪了兩、三次，但小隼都外出，家裡沒人。

離開社區的隔年二月，我去小隼家送巧克力。這是每年的例行公事。我兩步作一步的爬上樓梯，一口氣跑上四樓，按了電鈴。小隼媽媽來開的門。我在玄關前拿出了巧克力。哎喲，謝謝你呢。要不要進來坐坐？阿姨如同往常開心的說。不用了，在這裡就好。我說。阿姨大聲的叫了小隼。小隼從裡面的房間走出來，害羞似的從我手中接過巧克力。要說謝謝啊，你這孩子真奇怪。阿姨這麼一說，小隼才困窘的說了「謝謝」。

三月十四日後過了兩週，我收到小隼寄來的小包裹。裡面放著情人節的回禮和一個褐色信封。喜悅和懷念漲滿了整個胸口，我打開了信封。他用筆強勁，勾撇有力，既美又拙的字寫了短短幾句話，看得出是阿姨強迫他寫的吧。你好嗎？謝謝你的巧克力。有空請來我家玩。隼人上。

後來，儘管我到八重家玩了不知多少次，但直到今天，都不曾再見到小隼。

溫柔的傷痕

やさしい傷あと

面貌不太想得起來。腦中浮現出來的，總是拉門對面的廚房，她倚在翡翠綠塑膠坐墊的白色餐椅，把腳蹺起來堆在膝蓋上的身影。身體面對的不是散置著從超市剛買回來晚餐材料的餐桌，而是抽風機喀答喀答運轉的瓦斯爐方向。裡面的牆壁，約比我胸口稍高一點的位置，有一扇朝西北的窗子。下午的光從那裡照進來，光線浮雕出金色的側向人影輪廓，映照出她右手指間香菸裊裊升起的白煙。白煙踏著搖搖晃晃的腳步，往正上方前進，宛如將剛剪下來的羊毛搓揉成絲般互相交纏之際，突然改變了角度。被油煙和灰塵染成褐色的髒污扇葉，一面切斷空氣，一面旋轉著將白煙吸進格子網中。因為背光，我沒法看到她的表情。猶如剪影般的母親，一旦發現我在看她，一定會說，我在抽菸，到那邊去。

我以為不論哪個家庭一定都有這種狀況。母親身體健朗的話，就忙於工作，連看著孩子的臉好好說話的時間都沒有。身體累垮的話，就被隔離在家裡的某處，來幫忙的別人會說，不可以去打擾媽媽哦，所以還是見不到。所以，我看到的，大多都不是母親的臉，而是她忙碌的手或是蹲在地上的大屁股。又或是叫我過去，然後緊抱住我時的頸脖。不過，我完全不在乎。就算母親沒有看著我，只要自己找到時間，就能隨時看到她，這樣就行了。

小時候，我討厭洗澡。尤其討厭洗頭。外公用卡式錄音帶錄到我三歲時的說話，湊巧記錄了這個事實。當時我正發表自創胡謅的故事，走廊的另一端傳來母親的高喊：「洗澡水放好嘍！」在外婆沙啞的聲音說「聽到了沒，快來洗」後，我高亢的話聲先是停住，隔了片刻後，語帶不安的問：頭髮可以不用洗吧。外公外婆說，你去問媽媽。啪答啪答的輕巧腳步聲，奔向走廊的彼端。快哭的聲音在遠處問了母親同樣的問題。接著是母親溫柔的聲音，和「我不要」的哭聲。聽到那聲音，客廳裡的大人發出嘆息聲。開始收拾茶几上的茶杯飯碗，弄得叮噹響。最後聽得到外婆「哎喲喂呀」右手握拳支撐著站起來的聲音。

也許我並不是排斥洗澡，而是討厭它周邊的種種。例如，外婆家洗澡間鋪的瓷磚，有河底沙粒的花紋。明明是沙粒，整面卻帶著淡淡的藍色，讓我實在無法走在那上面。好像踏在上面，就會有種很髒、很不舒服的感覺。只好踮著腳尖，或是用腳背外側走進澡間。淋了熱水，把整個身體泡進熱浴缸之後，在熱水裡感覺還算好，但是過了不久，可能是水的壓力太大，身體有種窒悶的感覺。從澡間再出來，接下來就是我最討厭的洗頭。母親性格粗枝大葉，因而我最討厭她把我整顆頭使勁搔刮的感覺，同時一想到洗髮精流入眼睛的疼痛，我便嚇得不得了。閉上眼睛躲開洗髮精，又不安的想到若是這段時間，外界發生什麼恐怖事端，該怎麼辦才好。快上小學之前，我還會不斷向幫我洗頭的母親下指令，嘮叨不休。不是那樣，再輕一點，洗那麼用力泡沫會飛出來，跑進眼睛裡啦。可是母親堅持不改變洗法。反而說，好好好，別擔心。好啦，我要沖水了別再說話了。

母親說什麼都好，我只想聽她的聲音。閉上眼睛，就好像關上電視電源般，感覺只有我一人從母親所在的世界消失了。若是我再度睜開眼睛時，如同惡夢般母親變成怪物或外星人，那該怎麼辦好呢。不只是閉上眼睛的時間，當母親背向我洗自己的頭髮時，我也因為同樣的理由而不安。如果母親轉過身來，她的臉變成機器人或是動物的話，該怎麼辦。

母親洗頭，我就在她背後喚她。媽媽。做什麼，母親答道。你是真的媽媽對吧。以七歲來說，這個問題也許太幼稚吧。母親彎下腰洗著頭，笑了。如果是真的，讓我看看臉。我不肯罷休。濕漉漉的髮束從母親頭頂，成一弧線垂落下來，末端還在啪答啪答的滴著水，耳朵下方還黏著沒有沖掉的泡沫。母親閉著眼睛，把臉側過來給我看。看到了沒？是真的吧。那張臉的確就是往常母親的樣子。我鬆了一口氣。是真的啦。回答完之後，又再次跨進浴缸，潛回熱水中。

我細細的望著在洗澡時也很忙碌的母親身體，與外婆癟縮的小乳房，和沒有彈性的手腳皮膚相比，母親的身體結實，胸部大，身材穠纖合度，體態與外婆截然不同。忘了什麼時候，在溫泉的更衣間裡外婆對母親說過，你遺傳的是你爸爸的體格。我的腳踝粗跟外婆一模一樣，長大之後，體態也不會像母親吧。胸部不會長得那麼豐滿，沒有腰身，大腿也會一直太瘦。

母親的肚子上有好幾條西瓜紋路般的直線，母親說那叫妊娠紋，生小寶寶之後形成的。為什麼外婆肚子上沒有呢，我問。因為你是個大寶寶，媽媽的肚子一下子長得太大，所以裂開了，母親回答。好可憐哦，一定很痛。不會啊，不會痛。

我對母親的妊娠紋十分著迷，在澡缸裡不斷把自己的臉湊過去，打量那傷口，然後摸摸看。柔軟的腹部表面，多得令人吃驚的龜裂，比其他皮膚稍微凹陷了一點。膚色上有另一種膚色像蚯蚓般爬行著。

觸摸母親的皮膚，心裡湧出極為親密的感情。但不知為何，那種親密感卻像擰抹布般揪緊了我的心。比任何人都更親近母親的那一剎那，似乎預感到母親不在的日子，心裡不安起來，甚至流下了眼淚。為什麼會有如此不確定感呢？還是小寶寶的我，就知道自己這種情緒。也許與母親相繫的證明，就刻在母親的肚子上。與母親的連結有形可見，讓我稍感安慰。但相對的，那傷痕就像美人魚的聲音，白鶴報恩中的羽衣，成為從母親身上奪走美麗的印記，以做為待在心愛的人身邊的代價。如果真是如此，我倒覺得那傷痕比任何東西都美麗。我認為，女人與漫長人生一同刻劃的胴體變化是美麗的。擠皺的手肘，脂肪堆積變圓的肚子、下垂乳房尖端，布滿圓點的小小褐色乳暈，都住著只屬於她的記憶和故事。因為它們的重量，所以才膨脹下垂。母親的身體裡，也存在著與我這個外人的關係和故事。未來的某一天，我這個還沒有任何記憶停留的、未完成的身體，也將留下那些美麗的記憶。命運自豪的殷切盼望那天的到來。

洗好澡，母親幫我把頭髮擦乾。學芭蕾的我留了一頭長髮，擦乾它相當費時。這樣容易感冒，母親總是先把我擦，而把自己頭髮挪後。她把我那用得已經變薄的心愛毛巾展開，找出不太濕的地方包住我的頭，母親的擦拭不時使出令人叫痛的手勁。好痛哦，我叫道。好，我輕一點，她說。抬頭看母親，只見她露出咬牙切齒的恐怖表情，感覺好像被她騙了，但我不敢問她，為什麼要露出那種表情。只不過在那個時代偶爾抬頭看見的那張臉，直到現在我都不曾忘記。也直到最近我才漸漸想到，或許母親是氣自己的人生只有忙不完的育兒，沒有自己的時間，努力壓抑忍耐，才會露出那張臉吧。

母親在理想與現實間來去。儘管疼愛、寶貝孩子的情感是她的夙願，但母親不斷犧牲她個人的願望。母親平時只要有時間都會親手做點心，也不買現成的熟食。我生日的時候，她會請鄰居的孩子來家裡，為每個人做兒童午餐。連蛋糕，也是從打蛋開始親手做。她也會縫製漂亮的洋裝，或繡花的手提袋給我穿用。母親的手藝受到老師和附近大人的讚賞，讓其他孩子十分羨慕，但我卻不置可否。我喜歡到孩子們聚集的雜貨店，吃舌頭會變紅的糖果，夏天和冬天各有兩件裙褲和工作連身褲輪流穿就行。母親非常了解我的習性，但她絕不會像外婆那樣，一句「真沒趣」的抹煞掉。她沒法阻止我吃雜貨店的糖果，但她用洗衣機時會配合我的換洗時間。悉心做的洋裝只穿一兩次就變小了，可她還是一次又一次的縫製新衣服。對喜歡親手做東西的母親來說，這些家務也許不是為了孩子，純粹只是她的創作活動。一旦有外人將這種行為評價為「模範母親」的一刻，難道不會讓母親的才藝變得廉價嗎？而母親難道不會被這些評價所迷惑，而失去了自己的價值嗎？

不知不覺，母親開始認為按著自己誠實的想法隨心所欲是件不好的事。若是隨心所欲的話，有時候會不想做菜吧。有時候會想獨自出去晃晃吧。甚至有時候不想跟別人說話，或是廢寢忘食專心做洋裁的夜晚，熬了夜之後睡到自然醒的早晨吧。但是，母親從來沒有那麼做。應該說沒有機會讓她那麼做。二十四五歲，年紀輕輕就決心嫁為人婦，接著生產，母親幾乎捨棄了自己在過日子。對家事一竅不通，卻一心一意想當個好母親。於是她把滿足家人的需求擺在自己的需求之前。但是，壓抑已久的真正欲望，不久後還是會想盡辦法爆發出來。這件事別說是父親和外公外婆，連母親自己也沒想到。不久後母親的欲望巧妙的以遮掩真心的姿態，天天在各個角落露出頭來。想獨處的心情點亮了一根菸，想得到讚美的心情，編進了刺繡的花樣。想休息的心情化成了病，轉移到身體，想打扮的心情展現在我的儀容上。就算這些欲望無法代換成語言，我仍然能從母親身上體會到。而我也代替語言，一再將母親置換成機器人或外星人，妄想出前往自由國度旅行的故事。

最後冒出母親會消失的不安想法，是剛滿十歲，搬到遠方之後不久。上學的路程比以前更長，母親擔心我們迷路，於是帶著我和弟弟到附近去散步。三個人走上跨越社區前小溪的橋，經過不認識的孩子在玩耍的陌生公園前，車輛稀少的馬路旁種植了許多棵山茶樹，像要阻擋我們的去路般逼近身旁。發出微光的深濃綠葉，成了一道牆遮蔽了眼前的景物，我們就像走進西式庭園裡的巨大迷宮。在距離我們家僅僅不過一百多公尺的地方，我不假思索抓住母親的手腕。若是迷了路，一定回不了家了，而且再也見不到母親。

筋疲力盡的我好不容易回到還沒有生活氣味的家。圖案陌生的地毯、客廳裡的氣派書櫃、牆壁隔出來的兒童專用房間，每一樣看起來都像借來的。就在那時候，我驀然感覺母親就要死了。母親難得面向我們坐在地毯上，卻為了處理搬家的瑣碎雜務一臉疲憊。突然，坐我身旁的弟弟「哇」的一聲大哭起來，一邊說，媽媽不要死。弟弟把與我同樣的隱憂說了出來。兩人一起想到同樣的事，難道母親真的會死？這種幼稚的妄想擊潰了我。按捺許久的不安化成淚水奪眶而出。姊弟兩人一起號咷大哭。母親嚇到了。而且立刻轉換成安慰孩子時的笑容。別擔心，媽媽怎麼會死呢。我絕對不會死，而且媽媽以前從來沒有騙過你們呀。接著，她一手一個把我和弟弟緊緊抱住。

身體慢慢習慣了新制服，也表示它逐漸變髒了吧，我在心裡茫然的想著。我每天都穿的這套藏青色的土氣制服，冬、夏裝都各只有一套。而且，一年中只有在換季時期，送去洗衣店洗幾次。雖然襯衫更換得很頻繁，但我始終不喜歡國中制服的原因之一，就是因為它看起來髒髒的。

沒關係，母親每次都這麼說，反正大家都沒洗，而且制服本來就是這樣。我無論如何無法認同她這種答案。理由有二，第一，把我在乎的事，用一般人的做法來解釋。第二，母親覺得無所謂，但我不認為。母親不明白她的價值觀跟我不一樣。

十二歲的我並不懂自己氣憤的原因。我所知道的，只有內心深處沉重異物般的情感。我像個只會投直球的候補投手無過人之處，於是把它發洩在母親身上。在只要成績好就能通行的世界，妄自尊大，卻沒看到自己連正確表達真正想法的話都說不好。

有段時間沉迷籐編工藝的母親，鏡台都是用竹籐編製。纏著外公做為二十歲生日禮物而買的洛可可風格鏡台，兩年前搬家時丟掉了。現在家裡的鏡子，嚴格說起來不是鏡台，而是附有鏡面的收納櫃。除了第一層抽屜外，其他都放了全家人的毛巾。

每天早上我會坐在這面鏡子前，從抽屜裡拿出兩支刷子和黑色髮梳，再把手霜或是母親節送的人造珍珠珠寶盒、脫下來的戒指等零零碎碎的東西放在鏡台上後，便呼喚母親。母親在圍裙上擦擦濕手，來到我身邊。啪搭啪搭的拖鞋聲在客廳門口停止，變換成唧咻唧咻的腳步聲。背後才感受到母親的體溫，我的長髮已從根部被微濕的手一把抓住。手背殘留的水滴碰到我的頸項，好冷哦，把手擦乾再來嘛。母親做了個鬼臉。咦，我明明用圍裙擦過了呀。我被那種口氣惹惱，更加粗魯的責備母親。母親故意擺出賴皮傻笑的態度，躲避我的攻擊。母親從來不道歉。所以我才生氣，尋求母親的道歉。在我騰騰怒氣下，母親儘管並無歉意，嘴上還是說了「好啦好啦，不好意思哦」。吵架遠離了最初的原因，而被口氣或不良態度的互相指責取而代之。雖然很想修正爭執的方向，但不得其法，以至最後抱著快哭的心情，生起自己的氣來。

小學時還好，到了國中，校規禁止學生披頭散髮。開學典禮的早上，母親把我的頭髮中分，在耳朵上方綁成兩綹。從此到國二的第二學期末，每天都綁這種髮型上學。導師嘲笑我是「鹹蛋超人的媽」，後來幾個男生也跟著效仿時，我就不跟他們說話了，但是髮型還是沒變。

我希望媽媽幫我綁的頭髮完美無缺。分線不能歪，不可以有怪異的隆起或散落的短髮，左右邊綁髮的位置不論從前看、從側看，都要一樣高。每天母親一定會有一個失敗。然而，我就吵著要她重綁。家人每天看到這個景象，都對我的神經質感到驚訝。其實自己心裡也暗暗吃驚。我接受不了的是髮型之外的某個因素，但又無法解釋它到底是什麼。母親用哄寶寶的態度來應付我，從不正面翻臉。只會說，好啦好啦，已經可以了。即使家人對我已經有了「姊姊神經質又難伺候」的堅定印象，但不說出自己感覺，只會指責母親粗手粗腳的我，越來越遠離自己真正的想法，越來越嚴格的挑剔髮型了。

母親和我透過鏡子爭執的情景不斷上演。乍看之下，好像與對方面對面，但我們看的終究只是鏡面反射的映像。真正的我背對著母親，而母親看到的則是我的後頸。很長一段時間，我認為這樣就好了。我認為母親那麼忙碌，要求她看著我、聽我說話，是任性、不孝的行為。但是，壓抑在心底的真正欲望，不論怎麼努力還是會想表現出來。而且也在我沒有察覺之間，巧妙的以遮掩真心的姿態，天天在各個角落露出頭來。

母親什麼時候會拋下我，獨自到遠方去呢？也許是我對生活在這種恐懼中累了、乏了，所以不想再等待，而是主動去引爆這個結果吧。她若是索性離開我們，這樣雖然我會感嘆重要家人的失去，卻不用再擔心受怕。她一定只會留下慈祥溫柔的記憶，這麼一來在某種意義來說，我也算活得幸福吧。

但母親一天也不曾拋下我，依然天天幫我綁髮，而且總是擔心的在三樓窗口，目送因為口角爭執，每次都拖到快遲到才衝出家門的我。

以後不想變成母親那樣，我是抱著這樣的信念活著。不想變成母親的哪個部分，並沒有具體實例。只是隱隱覺得不想變成那種樣子，也害怕它會成真。

每次吵得不可開交，母親就會說，以後你當了母親，就會了解我的心情。現在有時會想，母親當時到底希望我了解她的什麼感受呢。

我成為母親的日子來得很快，和母親生我時同樣二十七歲。因為家裡很近，我告訴他們不會回娘家。母親在預產期前，與朋友訂下去巴黎旅行的計畫。兒子出生兩星期後，母親即將出發的前一天，帶著十天份分成小包裝冷凍的熟菜來我家，問也沒問把它塞進冷凍庫就回家了。這種行為如同低級的辯解，我氣得連「一路順風」都沒說。回國之後，母親從機場直驅我家，說「土產還是早點送來比較好」，但應該是很擔心我吧。我沒有感謝她準備的豐盛菜餚，反而又說：「一點也不好吃。」母親微微沮喪了一下，又立刻振作起來。儘管根本沒約，還是丟下一句「明天見」，便回去了。

雖然當上母親，但我並不覺得一個母親一定要犧牲自己才是美德。母親是個心裡認為對，就反射性去實踐的人。但是我則是希望仔細思考自己行為的意義，就算成了別人的母親，這個本質也不會改變吧。

只是，當我的身體映照在鏡子裡時，也無法不在其中找到與母親相同的特質。聽著身後孩子的鼻息，望著自己在床頭燈微光照射下的身影，儘管那肉體與外婆、母親完全不同，但想到母親，兒時的傷感記憶便甦醒了。脖子的皺紋、柔軟的蝴蝶袖、洩了氣的汽球般的乳房，與使勁伸直時的肚皮質感、潛伏在下的脂肪，還有比以前更深的肚臍眼。這些地方都藏著我自己的故事，和我與其他人共度時光的記憶。忙碌日子當中僅少擁抱孩子的時間裡，我會猛然想到「這孩子竟是我生下來的呢」，儘管它是這麼不可思議，身體卻會溫柔的告訴我，這的確就是你自己的歷史。

現在，我可以從鏡中看到近在眼前卻遙遠的母親；也能感受到一味煩擾卻難以脫逃的母女關係所帶來的窒息之愛。

尋寶

今天使壞的點子是「喂，你連暴走族都不知道嗎？」當我閃過「糟糕」的念頭時為時已晚，知佳轉過頭，一臉勝利得意的表情瞪視著我。難得這次沒有任何周折的回到社區前面，可能是因此開心得得意忘形，在最後的一秒鐘，多餘的插嘴問，暴走族是什麼意思？明知道閉口不言才會平安無事，但是，畢竟我也想與她有些「對話」，就像朋友聽我說話會回答「是哦」或是「所以呢」那樣。然而，不管她看上去心情多愉快，會欺負人的孩子絕不會放掉任何欺負人的機會。以後，我得要時刻謹記在心才行。我的頭像跟焦慮的心情唱反調似的，開始流暢的晃動起來。做好心理準備望向知佳時，卻見她明明身高並沒有變化，但彷彿是從極高之處俯視著我。

真落伍！自己翻下字典吧。知佳朝我冷冷的丟下這句話。然後宛如變個人似的揚起溫柔的笑容和聲音道，走吧走吧。隨即勾起美和的手臂，往兩人住處所在的隔壁樓梯走去。美和臉色憂慮的回頭看了一次。但是，她對我的關心還不至於敢違背知佳的強硬。無言注視著兩人離去的紅色書包，我心裡想，又被甩了。儘管四周一個人也沒有，但彷彿全世界都在注目著這個尷尬的狀況。不對，我只是想一個人待在這裡。像是自我辯解般，又在現場徘徊了好一會兒。

即使沒有喜歡過知佳，也沒有發生過任何會讓我做如是想的事，但我還是認她是個朋友。所以我們每天放學都一起回家。出校門直走有個紅綠燈，過了之後有個坡道，下坡來到坡底幼稚園的地方，在T字路向右轉，接下來一直直走，就會到我們社區。為了和美和一起走這條長長的鉤型回家路，就必須和知佳同行。知佳住在我家隔壁的一樓。美和住在她樓上，父母們都說三個一年級要一起回來哦。

我蹲在褪色的綠鐵皮自行車放置場後面拔草皮。放了兩三根草在螞蟻窩裡之後，決定先回三樓的家。走上四節樓梯是一樓，兩門相向的左邊門是四谷家。玄關門除了很冷的寒冬期間外，也就是再一個月之後，大都是全天敞開著。門和地板的縫隙用一塊小木片插入固定，入口掛了一面很長的繩簾做為遮屏。我對著簾子喊，伯母，我回來了。這棟樓的所有孩子只要從學校回來，都會這麼做。伯母大多坐在廚房椅子上看小電視，回道：回來啦。有時她也會嘩啦啦的撥開繩簾探出頭來。

往上再走七階是樓梯間，再走七階就是二樓。左邊住的是由紀和小宗兩個小姊弟，右邊是不久前才搬來的八重。八重跟我一樣一年級，可是因為她的爸爸媽媽都在外工作，她要去安親班，所以不能一起回家。五點半之後，她才會和媽媽一起回來。

三樓右邊是我家。爸爸媽媽一直不捨得花錢買電鈴，一向是咚咚咚的敲鐵門，或是轉轉銀色的門把。這樣的話，母親就會聽到聲音，來幫我開門。

母親笑嘻嘻的問我，回來啦？今天怎麼樣。我在玄關脫了鞋，一進屋就是廚房。媽，暴走族是什麼意思？紅書包也沒放下便問母親。討厭，你在哪裡聽到這個名詞的。母親皺起眉頭。莫非這個字不可以對母親說嗎？我心中涼了一下。可是，立刻又生起氣來，心想你什麼都不知道，只問了「暴走族」這個字眼，就把我當壞人。我斜瞪著母親說，知佳說我不懂暴走族太落伍，不讓偶跟答們王啦……話還沒說完已經委屈得大哭起來。母親已被我每次被朋友欺負就回來哭訴搞得厭煩不已。其實她很擔心我，可是她很清楚我在家一條龍、在外一條蟲的本性，所以對我為什麼在外面不顯露出來，心焦又生氣。她絕決的說，那種小孩沒當你是朋友，你別跟她玩了。不管對方是八重也好、美和也好，還是任何人都一樣。可是母親的話在我聽來，卻像是在說：「像你這種膽小鬼，再也不是我的小孩，給我滾出去！」不要啦，我不敢，我哭嚷的回嗆。心裡想，誰叫你老是叫我做這種肯定辦不到的事。既然這樣，母親說，如果不想這麼做，那就去跟她和好，你們不是朋友嗎？

幾分鐘後，我走出家門，到美和家去。就算我想跟知佳和好，但我又沒做錯，所以暫時把它放一邊。反正到了明天，知佳一定會來找我說話，以便掌握欺負我的機會。而且知佳下課後，都不跟我們玩。她要學鋼琴或英語等很多才藝，沒空。我走到鄰棟的二樓，按下左側門的門鈴，短髮上捲了好幾個粉紅色髮捲的美和媽媽出來開門。你好，我打了招呼。哦，歡迎。美和在家，你等等哦。美——和——。阿姨機關槍似的說完，即朝著客廳大喊。

美和家的玄關貼了一張大型的黑白海報，是一個長髮及肩、唇邊有鬍的男人在聚光燈下打鼓的照片放大製成的。有一次我問美和，這個人是誰。美和告訴我，這是我爸爸。但是聽說美和沒有見過她的父親，現在與母親兩人一起生活。

在門口等美和的時候，住在她家樓上的三年級惠理回來了。欸，你在幹嘛？沒做什麼，我答。美和走到門口在穿鞋。要不要去我家玩？我約了古西一起玩。問美和「你覺得呢？」「好。」所以我對惠理點點頭。惠理要先回家一下，然後從窗口叫我們上去。趁這空檔，我決定到樓梯入口打發時間。

美和和我走到腳踏車放置場，各找了一輛兒童用腳踏車，放下支撐架跨坐上去。美和騎的是自己的車，我則借了寫有文雄名字的車。我自己的車放在鄰棟專用的腳踏車放置場。我們就只是一次又一次把踏板踩得飛快，再突然「咭」的按下煞車，邊玩邊聊天，或是發愣的眺望社區前從學校返家的人行道上，有沒有認識的人經過。這條路在眼前橫貫過我們居住的社區。從我家右轉是超市，左轉通到學校。僅僅十幾年前，這裡還是荒煙漫草，為了吸引民眾來這塊不方便的地區，所以才把馬路修建成單向一線道的完整柏油路。路的那一頭用薄薄的綠色鐵籬笆圍住，再過去還保留著武藏野美麗的田園景致。

鐵籬笆裡面的近旁有條土堤，每到春天，這地區的居民會一起去那兒挖野蒜，或是採艾草或問荊。土堤底部有一條鋪設完善的遊步道，叫「自行車路」，與底下的溪水平行而行。附近的大叔惡意的把這條溪叫做水溝溪。同時又有老年人感嘆道：以前溪底有魚呢。從自行車路到溪流之間還有一道土堤。若沒有颱風來，從社區是看不見溪水流動的。倒是可以看到一塊看板從土堤露出一半，用紅字寫了「不要游泳，河童會出來哦」，旁邊畫著一隻綠色瘦長的生物在想壞點子的表情和上半身。

以前父親告訴我，河的對岸就是崎玉縣。崎玉縣的遠景太美了。延綿到天邊的田壟末端有許多丘陵狀的小山。田野中宛如把手中的彈珠兒一把放開般，零星散布著稻草屋頂的老農家。那些農家四周都圍著厚厚一層防風林。風強的日子，遮擋田裡土塵吹進家屋中。遠處的鐵橋，偶爾會有火車通過。晴朗的日子，左斜面的方向可以看到富士山，而且近得宛如就在眼前。

鐵籬笆的這邊，也就是我們所在的地方，以前也是這片風景的延伸之處吧。但是現在卻密集林立著三十幾棟、每棟幾乎相同造型的五層樓房。而且，我和我的家人、朋友們都生活在其中的第十四棟樓房裡。

古西把背緊貼著牆，略微拉開惠理家客廳通往陽台的窗。如同連續劇便服警察般，窺探了一下窗外的狀況，把剛才回自己家取來的來福型空氣槍架好，襪子也沒脫便一口氣跳到陽台上。看我就此收拾那個裂口女怪！理著小平頭的他雖然才四年級，但帶著可怕的眼神撂下這句話時，對一年級的我們來說還是狠勁十足。先用那幾隻傢伙做熱身練習好了，他說時把槍口瞄準眼前烏龜公園裡停在電線上、膨起羽毛似乎很冷的三四隻麻雀。

惠理從廚房窗口露臉呼叫之後，我們上了三樓，沒過多久，古西也來了。古西住在惠理家對面棟的一樓，六人家庭裡他在四個姊弟中排行老二。和我家、惠理家同樣，住在二房二廳的房子。古西上面還有個在讀國中的姊姊，叫香代。

古西和惠理聊起在學校也造成熱潮的「裂口女怪」話題，所以我和美和也認真聆聽。兩人從某女人被稱做裂口女怪的緣由，到她的容貌、一百公尺幾秒可以跑完等特技，聊到她的死穴在哪裡，萬一遇到時要怎麼應對等，互相交換情報，並同時修正錯誤，填補半調子的知識。古西和惠理怎麼想，我不清楚，但美和和我對裂口女怪的存在深信不疑。古西見我們真的害怕，說的時候又加很多恐怖電影裡的角色和動作來逗弄我們。美和和我緊緊靠在一起，雙手互握。

一邊說一邊擺出英雄架勢的古西，終於說出他要趕走裂口女怪的話來。他說要回去拿生日大人買給他的空氣槍，熱血激昂的飛奔回鄰棟一樓的家。只聽見他踩住月星運動鞋後跟，兩階併一階下樓的腳步聲、穿過腳踏車放置場旁，衝進一樓自己家，然後啪咚合上門的聲音。惠理說，別擔心，沒什麼好怕的，露出輕鬆的笑容等待古西。每天早上惠理都帶社區四個一年級上學，既溫柔又可靠。

不久，古西抱著一把大槍回來。沒多久，女孩們被迫豎耳聽起古西的空氣槍經，不過也因此稍微忘了裂口女怪的恐怖故事。不過又因為這支槍的話題，對槍本身害怕起來。三人對打麻雀的事信以為真，如果照古西說的瞄準牠們射擊，擊中的話，麻雀就會死了。雖然我們沒見過真正的槍，可是從射擊就能打中這一點上，古西的槍在某種意義上也算得上真槍了吧。也許這就是母親所說，電視的不良影響吧。

美和一臉擔憂，仰頭看著架起來福槍瞄準空中的古西。但是我和被知佳欺負時一樣，什麼話也沒說。我以為自己小聲的說著：「古西，別這樣。」但也許是說在心裡。好了，古西用做作的低沉聲音說道，但立刻又說，啊危險，你們退遠點厚。他用以槍手來說魄力不足的語調，把我和美和趕走。然後直接把來福槍托扛在肩頭，用左手支持槍身，歪過小平頭，閉上左眼瞄準麻雀。右手食指按住扳機，用力一按。砰的乾裂聲同時，也響起麻雀們振翅的聲音。太棒了，打中啦。古西突然又恢復小學生的表情，把惠理叫到陽台上去。兩人從陽台柵欄欠身往前，尋找剛才電線下有沒有麻雀掉落。我也從打開的窗口，戰戰兢兢查探屋外，可是什麼也沒看見。於是擠進惠理和古西之間，一起找麻雀。美和也從我身旁探出頭，她緊抓著我的運動衣背後，因此脖子有點痛苦。你看，那個褐色的東西就是。咦，那個不是石頭嗎？古西每次發現死去的麻雀，惠理就用那是落葉、石頭加以否認。從這裡，看不清楚啦，大家一起到電線桿旁邊找吧。古西和惠理擅自做了決定。我們順便去把裂口女怪找出來吧。古西用極高亢的嗓音繼續說著。

大家魚貫走到門口，開始穿鞋。只有我還穿著襪子站在房間裡。感覺一走到外面，就會遇到裂口女怪，所以不敢去穿。古西拉我的手，我跨開兩腳，好像用自己的手臂拔河的姿勢。我已經不想知道麻雀活著還是死了，只想馬上回家。說不定爸爸和媽媽被人拉走，家裡空無一人。我得打電話到爸爸公司，還要打給外婆來幫我開門才行。不要啦，我不去。我要回家，我這麼說。別害怕，我有帶槍啊，很想快去找麻雀的古西說。不要緊，有我在呢，惠理說。美和也來察看低著頭的我，你沒事吧？不要，我要回家去，回家。

啊啊，你把她弄哭了。惠理朝古西狠狠一瞪。十分擔心我的美和，也跟著我一起哭了。一年級女生常會這樣。古西臉上半是尷尬、半是嫌棄，表情變得十分古怪。他困惑的一時語塞。惠理在我們面前蹲下，拚命睜大她的小眼睛，像個母親一樣說，這世上沒有裂口女怪，要不要回家？思索了半天的古西，似乎放棄了。他說，好吧，那我送她們回去，惠理，你在家裡等。

古西先送美和，接著送我回到家。我與古西手牽手，回到直線距離只有僅僅十幾公尺的家。那是我人生第一次讓男生送我回家。爬樓梯上了三樓，古西叩叩叩的敲了門，母親來開。看到母親的臉時，我再度哭泣起來。她吃了一驚，問古西，哎喲，發生什麼事了嗎？我沒有對古西說謝謝，就奔入屋裡。把家中看得到的門鎖都鎖上，不讓裂口女怪進來。古西在玄關向母親解釋，因為說起裂口女怪的故事後，我就哭了。然後我聽到他說再見的聲音。

天天不是哭就是被欺負的日子，到了二年級陡然一變。春假時，知佳一家搬到車站對面的獨門獨院，換了班級後跟八重同班。

八重一年級搬來的時候，我和美和約她到校園的輪胎沙坑去玩。那時候，八重沒頭沒腦的叫我們「豬」。膽小畏縮的我們不敢對八重說不，整整四十五分鐘，就讓她叫「豬」在輪胎上跳躍玩耍。上課鐘響的時候，八重說，明天開始，你們一個人輪流當一天豬。

回到家，我把當豬事件告訴母親。母親說，那種孩子，別跟她玩了吧。我說不要。母親想了一秒鐘說，明天，你們兩個人一起說不要跟她玩就行了。兩個人一起，就敢說了吧。接下來，趁八重還在安親班的時間，我到美和家去，跟她約好，明天不論誰被叫豬，我們都要一起拒絕。第二天下課時間，八重開始叫我豬的時候，有生以來第一次，我對欺負人的孩子說了不。我說，你再叫我豬，就不跟你玩了。美和也這麼說。八重露出一臉驚慌，第二天開始，好像什麼事也沒發生過般，叫我們的本名。後來，她再也沒有做出輕視我的事。而我們，也成為彼此有生以來第一個好友。

去八重家玩一定都在傍晚或晚上。通知她「要去你家」時，不用打電話，因為她住在我家樓下，只要在分隔客廳與廚房的拉門前，咚、咚、咚的踏三次就行了。如果聽到八重家也回了三次踏腳聲，就是她已經在家，可以下去的暗號。

這時間，八重總是在看NHK的人偶劇。我即使去了，她也不見特別開心，所以我便靜靜坐在旁邊一起看電視。然後一起寫功課。只有星期五，看完人偶劇之後，接著看女子摔角。看到八重比看人偶劇時開心的表情，我也很高興。八重說她將來想當漫畫家或女子摔角手。我覺得有特殊能力的人，有這種夢想很棒。因為八重與我不同，她的畫畫、運動都很拿手。但是，如果八重再多喜歡唱歌一點，在全班雜文集寫下想當偶像歌手的願望的話，我們肯定無法成為朋友。其實，八重很愛挖苦別人，所以，我總是會想很多蠢話想辦法逗她笑。每次我說了什麼，八重就會立刻說，真是笨蛋。但她的口氣很溫和，聽得出其實她並沒有那麼想。

七點或是八點，暫時說了「拜拜」之後，又會因為分配明天勞作材料，或是拿別人送來的水果等小雜事，樓上樓下的來回跑。跟母親吵架的時候，我也會到八重家去，不是找八重，而是為了說給八重媽媽聽。阿姨，你聽我說。我邊哭著打開八重家的門。怎麼啦，快進來。聽到阿姨這麼說，我便把委屈說給她聽。八重在看電視。阿姨是個比我母親更耐心傾聽的人，她覺得有時候孩子說的話比大人說的還正確。偶爾，她會說，你媽媽這麼做不太對。然後又說，不過你也有錯。聽到阿姨的話，很奇妙的，我便能乖乖的承認自己也有不對的地方。

三年級的春假，美和有了新爸爸，為了跟那個人一起住，所以搬到市區去了。古西和惠理也分別升上國中和六年級，已經不再跟我們一起玩。升上四年級，八重從安親班畢業，我們每天可以一起回家了。我們又同班，幾乎整天都黏在一起。

父母規定在天色沒暗之前可以去玩。所以直到社區架在給水塔頂部的擴音機播放〈晚霞紅似火〉之前，都在外面到處玩。玩捉迷藏躲在隱蔽處，即使察覺自己的尿意已經逼近極限，也捨不得上樓回自己家上廁所，偷偷蹲在社區路邊尿尿。住在一樓的伯母，剛好走出陽台收衣服看到，就會大罵，喂，不准在我家門前尿尿。

社區陽台旁，有一片長了草坪的空地，再遠一點就是公園。公園右半邊是一般的公園，自正中央設置的鞦韆起的左半邊，擺放了十頭淡綠色烏龜石像，所以才叫烏龜公園。這個公園四周建了十二、十三、十四、十五棟樓等四座社區。住在這四棟樓裡的所有小孩，只要從學校回來，一定先到公園或草坪報到。來了幾個孩子的時候，就能決定當天要玩的遊戲。晚到的孩子再加入棒球、踢罐子或是扮家家酒。人數增加之後，玩膩前面遊戲的孩子就像細胞一樣分裂，在同一場地開始玩新遊戲，或是騎腳踏車到遠處另闢戰場。像是另一個在社區自購的住宅也有個公園，我們叫它自購，那裡有廂形鞦韆。超市後面還有個寬四、五公尺的石滑梯。穿過超市的後巷有道崖壁。那裡可以垂降藤條玩泰山遊戲。再過去一點，有個寫滿「○○到此一遊」塗鴉的小隧道，可以放大自己的聲音和腳步聲來來去去。大家只要待在能看到隧道尾端、那座高高的給水塔就沒問題。外牆烏黑、最上面只有幾個小窗、宛如歐洲監獄塔般的陰森高塔，即使站在遠方，也沒有孩子會認錯。（甚至有人謠傳那上面是牢房，通知孩子回家時間的〈晚霞紅似火〉音樂，其實是裡面的囚犯彈奏的。）孩子們有孩子的網絡，就算大家四分五散，但誰在哪裡玩什麼，情報一定都會傳進來。而且不論是哪個孩子的媽過來找孩子，大家幾乎都能指出正確的位置。

草坪邊緣，有一座用混凝土建造的防火用貯水槽。長十公尺、寬四公尺、高一公尺的扁平長方體。四隅的一角各有一公尺見方的立方體突起。這裡是十四棟樓孩子們的基地。就算穿裙子也不用擔心，只要按照從游泳池上來時的要領往上爬就行。較小的孩子想上去時，會由一個人從下方把他抱起來，另一個人自上方接上去。爬上這裡，就算「高鬼」（譯註：只要躲在高處就不抓的捉迷藏遊戲）玩到一半，也可以輕鬆一下喘口氣，又能遠望社區前的馬路和鐵籬笆後面。可以招呼現在才剛回家的孩子一起玩，也能看見母親出去購物、賣豆腐的送貨來。

突出的立方體頂部鑲了人孔蓋。女孩們把那裡當做廚房，用於扮家家酒時的烹調場。玩扮家家酒時，我們會把周圍的雜草當成食材。野豌豆當豌豆、圓齒野芝麻當做紫蘇果實，車前草則是蘆筍，銀杏葉是豬肉，蒲公英花成為生魚片的裝飾。杜鵑的蜜成了小寶寶的米飯。山茶樹果實、鳳仙花種子、艾草、苜蓿、薺草、芒草，不論哪個時節，都能找到幾種食材。我和八重經常用水槽旁種的野茉莉花瓣做成肥皂洗手。而到了秋天，我們用塑膠袋收集滿一袋很像咖啡豆的種子，帶回去給我那愛喝咖啡的母親。

有一次，我從零用錢中拿出寶貴的百圓硬幣，埋在社區周圍，說要玩尋寶。用掉在那附近的木棍或石頭像暗號一樣排好，做了秘密的記號，以防別人發現硬幣的所在。第二天，從學校回來之後，暮色中我們拿了小鐵鏟挖開記號下的土。本來排列好的石頭散成一片，不是平時的形狀。我們把石堆各角落翻過來，已經找不到正確的位置，只能把附近都挖開來亂找一通。四處都找不到百圓硬幣。不論是擴大範圍，還是再往下挖，都再也沒找到。我們試過很多次，把百圓硬幣和其他的銅板、玻璃珠等破爛玩意兒一起埋進去。但只有埋錢幣的時候，便絕對找不到。明明我們把它掩蓋得不讓任何人發現，但為什麼它會消失不見呢？對於這個謎，我主張有地底人存在，或是發生了化學反應，硬幣融解的說法，但八重堅持沒那麼複雜，只不過被人拿走了。

有一天，和八重從學校回來，在我們腳踏車放置場前面，掉了一隻小麻雀的屍骸。麻雀的屍體既沒有大傷口，也沒有流血，但活著時有光澤的羽毛變得蓬亂，不自然的鬆開了。眼睛半睜，嘴巴緊閉。我們背著書包，蹲下來觀察那隻死麻雀。找來了小樹枝輕戳了幾下。麻雀一動也不動。牠真的死了呢。兩個人互相對看。

我向媽媽要了個零食空盒，沒告知用途的拿出來，把死麻雀輕輕放在裡面，然後用小鏟子在社區外圍挖了洞。只有這裡不太會被別人踩到。不能像金魚或西瓜籽那樣，埋在花壇裡。而且，牠是我所埋過的東西中，體積最大的一個。外圍下方的土含沙量多，比較好挖。我們把覆蓋在表面的酢漿草根拔掉，擱在一邊，在上面撒了土，找了一根較粗而牢靠的小樹枝插在上面。然後兩人用手把土埋好。

幾天後，不經意朝外圍看了一眼，麻雀墓前立的小樹枝還直挺挺的立在那裡。經驗了這種絕少發生的事，不免覺得它會不會只是一場夢。我問八重，我們埋了小麻雀對吧。八重點點頭，嗯了一聲。我想起每次埋錢幣的事，心想會不會小麻雀也消失了呢。

小鏟子在土中碰到什麼硬硬的東西，用手把土撥開一看，出現了白色的盒蓋。不知何時，我們身邊圍著五六個孩子。看熱鬧的孩子中有個認識的男生，對我和八重說，借我看看。便代替我們把盒子拿出來。白色盒子的盒蓋有點軟，方正的硬紙板扭曲成波浪狀。拿在手上，盒裡有放東西的觸感。把它放在土上，男生說，可以打開嗎？我們默默的點頭。

盒蓋打開，那個拿盒子的男生「哇」的大叫一聲。我們頭碰頭的把臉貼近，往白盒子裡瞧。裡面的確有隻小麻雀，可是眼睛的部分成了空洞，下頷附近和肋骨裸露出來，清晰可見。褐色的羽毛到處都是白蟲，從麻雀的肋骨空隙爬進爬出，在牠身體上移動。八重覺得噁心站起來跑開了，從稍遠的地方關注我們。如果現場只剩我一個人的話，我也早就逃走了吧。但是現在，我是七八個人群中的一員，好奇心勝過了恐懼感。我們輪流觀察小白盒的裡面。盒子應該蓋得很緊，這麼多小蟲是從哪裡跑進去的呢？所有孩子都看過一輪之後，不害怕反而亢奮的孩子，把麻雀再次埋進土裡。

後來，我和八重把麻雀的事忘得一乾二淨，繼續玩到音樂響起為止。黃昏時分，從基地上可以看到富士山，比夏天更紅更大的落日，漸漸沉落在富士山後面。在社區前小路與朋友騎腳踏車的弟弟大叫，姊姊，快來。好嚇人哦。我和八重跑到他身邊一看，一大群紅蜻蜓在空中交錯飛舞。弟弟從有輔助輪的腳踏車下來，跳啊跳的想抓蜻蜓。我們也跟著仿效追起蜻蜓來。鐵籬笆外的田地、農家都染成了金橘色，還可聽見賣豆腐由遠至近的喇叭聲。

四年級學期終了的同時，我們也搬家了。父親的車子駛過社區前的馬路，往車站去。生來第一次，我去到鐵籬笆後面的世界，再也不回來。

高中的暑假，為了去舅舅經營的小型辭典印刷廠打工，第一次坐上武藏野線。我站在擁擠的清晨電車門邊，無意識地望著電線杆、樹木、房舍快速的往後跑去。電車開始過鐵橋時，視野豁然打開，景色變得又低又遠。遠處像是某個地方的住宅社區。我總是想，這就像是小時候住過的那個社區呢。不管看到哪條街、哪個社區的景物，我一定會聯想到十歲前住過的社區。目光如同描摹般尋梭著晨光籠罩的陌生社區景物，當視線到達給水塔時，我才驀然發現它的確就是我曾經住過的那個社區。建築的顏色雖然從白色重新粉刷成淡綠色，但它絕對就是那個社區。流經附近的小溪、眼前的道路、紅磚造型的市民中心，再再為我做了佐證。

我摀住嘴堵住忍不住發出的驚呼，尋找自己曾經住過的第十四棟樓、最右邊的三樓窗口。還有樓下的八重、樓上的小隼、隔壁樓的美和、惠理，說不定他們剛好走到外面。會不會看到小孩子們爬上那座混凝土基地，眺望著遠方安閒的風景；或是和朋友躺在地上，嬉笑得像個傻瓜，或是為了芝麻小事哭成淚人呢。不可能的，我根本連誰還住在那裡都不知道呢。然而，我還是拚命的找，就像曾經在社區周圍挖掘偷埋的寶物般。而就在我找到之前，景色又被幾戶人家和整束電線遮住，看不到了。

高崎的假期

ホリデイ in 高崎

小小的汽車音響裡放出幾個女人合唱咖啡用奶油的名字。女播音員說：「十點整。」噹——、噹——，擺鐘響起，我扳著手指計算鐘響。

在東京不太容易看得到這種鐘。記得以前去的小兒科有一座，好像爺爺的老鐘一樣大。但是這裡的鐘小得可以放進書包。而且可能因為輕，所以掛在廚房柱子的高處。外型雖然像個玩具，但文字盤下確實有支霧金色的鐘擺，在玻璃窗後面擺來擺去。窗子上用金色的文字寫著「昭和幾年幾月幾日某某（漢字不會唸）商店會捐贈」。

來到這裡之後，我一直很好奇，這個擺鐘真的會按時間打出相同次數的鐘聲嗎？並不是懷疑它小所以草率，而是一旦開始思考擺鐵這種東西，真的會一點鐘打一次，十二點鐘打十二次的問題，就會覺得它很可能偶爾打錯一次。一點鐘或兩點鐘一聽就知道，但是十一點或十二點，若是敲了十三次，或是只敲十次，一般人也很難注意到。所以，自從來到這裡的第二天，我就開始計算鐘聲。之前每次等我注意到時，不是鐘已經敲了好幾次，就是算到一半被別的事分了神，忘了自己數了幾下。檢驗作業一再受阻。

上午十點的鐘還沒打完第三下的時候，男孩們喊著「等好久嘍」，紛紛跑到秋姨身邊。媽媽，十點了哦。給我魚肝油。向來穩健的小讓一說，小文立刻站到哥哥後面，給予支持。反覆叨唸著：十點呢，魚肝油。這孩子說話多麼穩健溫柔啊。小讓絕不會像我那跟他同齡的弟弟，跺著地板大叫著「快點快點」糾纏不休。秋姨也不會像我娘一樣，用低沉的粗嗓子說，好啦。答應你可以，可是要等一等。然後眉間擠出兩條直線，大聲的嘮叨不停。這些人跟我們家，真的有血緣關係嗎？

哦，對喔。秋姨對兩個兒子說著，然後抬起永遠粉紅的圓圓臉頰，笑咪咪的放下正在洗的衣服，慢條斯理的走到客廳來。然後去到廚房，伸出白皙渾圓的手在孩子絕對搆不到的高架上，拿出一個有藍蓋的黃色橢圓形罐子。罐子上印有一個笑嘻嘻的男孩黑白照片，下面加了註釋「健康優良兒童」。我每天都會想，這男孩是哪家的孩子，現在幾歲了呢？以前在外婆家那裡看過母親小時候的黑白照片，這孩子和照片裡的真哥有著同樣的髮型。我看別說長大，恐怕已經是大叔了吧。來，手伸出來。隨著秋姨的聲音，兩人伸出展開的手掌，一顆半透明的小粒凹陷在中央滾動。圓盤形的顆粒周圍撒了砂糖，放入嘴裡嚼起來，十分柔軟，帶有果凍的味道。一想到它是藥，所以一天只能吃一粒，不由得感覺珍貴了起來。

媽媽爸爸，你們好嗎？這裡每天都很熱。我看到兔子寶寶了。星期天要去卡帕皮亞（譯註：位於群馬縣高崎的一個遊樂場，創設於二戰之後的一九五二年，二〇〇三年因設施老舊停止營運），也會去高崎祭。請多保重。

暑期問候的明信片，剛開始的字寫得很大，到後來沒有空間，字也越寫越小。結尾處，繞著兔子寶寶的圖案寫成米粒大小的字。我很想再要一張明信片來重寫，不過在別人家裡，還是按捺下來。

秋姨和丈夫良叔，都是母親的堂弟妹。在外公外婆的故鄉高崎，住了二十個母親的堂親，只有母親和真哥在東京長大。聽聞他們小學的時候，每年暑假都會到高崎的曾祖母家玩。良叔就是母親那時候的玩伴。母親小學五年級，良叔四年級，真哥三年級。良叔現在是個手藝高超的木匠，但小時候據說是個被人拍拍肩，就哭著跑回家說「被打了」的愛哭鬼。因為這緣故，身為女生的母親，成了孩子王。雖然母親善於照顧人，但也經常砸鍋。她抱著秋姨的弟弟一雄，在田埂上滑了一跤，掉進溝渠裡的故事，我不知道聽了多少遍。也聽過她穿著漂亮衣服，用流利標準語說話的「東京美雪」，成為大家崇拜對象，爭相關照她的往事。我也知道良叔直到現在還是常常會說，真不愧是美雪。

七月初，母親問我們要不要到鄉下住幾天。想到我也能到聞名已久的高崎過暑假，心裡高興都來不及，一點也不覺得緊張。我要我要，太棒啦——！興奮異常的弟弟，隨著暑假日子接近，卻似癟了氣的汽球般沒了勁頭。剛開始還委婉的說，還是不太敢。到了一星期前開始拗起來哭道，「我絕對不去。」因為他才五歲，母親最後讓步，好吧，那你別去好了。不過，接著又若無其事的說，那姊姊，一路順風嘍。

雖然心裡期待，可是這是出生以來，第一次和家人分離這麼久，是件大事。暑假開始後，一轉眼進入八月，終於來到那一天。我們一家四口坐著銀色可樂娜，因為窮擔心，於是以掃墓名義跟來的外公外婆坐著Mark II，經關越快速道路往鄉下去。晚飯吃了大餐後，父母說，回去路上，在車裡睡就行了，所以弟弟還去泡了澡。拜拜囉，弟弟少根筋的向我告別時，我也狀似愉快的揮起手。但是肚子裡寂寞得就像用力擰過的濕抹布。本來應該坐在父母身旁的我，今天站在別人家門前，與別人的家人，一起望著夾在兩人當中，頭也不回的坐進車裡的弟弟。除掉我之外的三人家庭，在月亮長長的聚光燈照耀下，看起來就像舞台的主角。

高崎家裡共有六個人，我的從堂弟小讓和小文、他們的爸媽秋姨和良叔、良叔的爸媽乙女奶奶和萬作爺爺。一早起來，良叔和爺爺已經出門了。秋姨說，木匠們都得起早。走進客廳，已經相當強烈的陽光從開了窗的緣廊射進來，草簾和窗欄的影子投在茶几上形成幾何的圖案。

三個小孩與奶奶一起在餐桌就座，吃吐司麵包。我咬著最不喜歡吃的吐司邊，注視我前方、坐在木櫃前的奶奶。她與我外公簡直像得出奇。除了身材比外公胖點，燙過的頭髮黑又粗，笑起來看得到右上方閃閃發光的金牙外，其他幾乎一模一樣。咱家的外公雖然沒有金牙，倒是禿頭亮得發光。想到這裡，忍不住偷笑起來。奶奶開心的說，你一早起來心情就這麼好呀。其他又問了像是，晚上睡得好嗎？三年級在學校裡學些什麼？等五花八門的問題。雖然很健談，不過聽我說話之後，也會「哦——」「真的呀」「好厲害」「是這樣啊」邊讚嘆邊仔細聆聽。

在還沒太熱之前去吧。秋姨催促之下，我們出門做四周探險。拖著運動鞋一走出大門，門旁就是狗兒帕可的家。牠住在漫畫裡畫的那種木屋形的狗屋，用鎖拴在打進地面的木樁上。狗屋一定是良叔做的，入口上方還掛了一個「帕可」的門牌。我問送我們出來庭院的奶奶，是柴犬嗎？她說，大概是柴犬和西洋犬的雜種吧。夏天不是很熱嗎？所以牠會自己挖洞。把肚子貼在洞裡，肯定會比較涼吧。

屋前的馬路邊挖了排水溝，我打頭陣，接著小讓、小文依序走在混凝土蓋上。小文的小貝比涼鞋每走一步，就會發出啾、啾的聲音。啾、卡砰、啾、卡砰的聲音十分有趣，便用力的踏步前進。小讓指著經過的家家戶戶，告訴我幼稚園裡的朋友，或是奶奶的朋友。走了一會兒，住宅區到了盡頭，來到一條寬兩米的小溪。有一條很像無斑紋平交道的橋。過了橋路邊出現了水田。還沒長高的稻子長得青嫩又整齊。綠油油的身影任風吹向一側，發出清爽舒適的聲音。水田和旱田的分別，在於不由得會多注意它幾眼。我想到母親的慘痛經驗，用力握緊小文的手。三人站在田埂的邊緣，一起注視著摸起來感覺似乎會很舒服的泥巴，順便找找外公小時候經常抓的泥鰍。

接下來換小讓走在前頭。從水田走七、八分鐘，可以看見路旁有個用銀網覆蓋的小屋。就是它。小讓手一指，我們不知不覺跑了起來。等等我，小文邊喊邊追時，涼鞋的怪聲間隔變短了。

三人都蹲在地上，手指攀著網眼，幾乎整個臉貼在小屋上看著兔子。小屋裡有四隻全白的兔子、兩隻斑紋的、一隻黑兔。有兩隻白色和一隻斑紋比其他兔子小兩號，秋姨說過，那應該是最近才剛生的兔子寶寶。好可愛呀。牠們擠到小屋一角疊在一起，兔毛都快擠到銀網外面來了。我偷偷把手指插進網中，摸摸其中一隻縮成團狀的兔子背。手指埋在長毛腳中，感覺得到兔子的體溫。很可愛吧。小文笑著像是回應我。小讓看到我那麼開心，相當得意。他拔了附近地上的酢漿草，插進鐵網中餵兔子吃。兔子快速皺皺鼻心，像是在聞味道，然後試了一口。太陽漸漸爬高，可以躲的蔭涼處變瘦了。勾在脖子上的草帽橡皮束帶被汗水沾濕。好癢，小文抓抓下巴下方。敗給暑熱的我們，沿著來時路走回家。

午飯過後是孩子的午睡時間，我年紀稍大，所以就玩著色、看漫畫，打發時間。秋姨則趁著這段時間出外購物，把許多雜事處理完。

我一個人坐在客廳時，突然擺鐘咚——的響了一下。三十分鐘的時候，鐘會響一次。原本不大的鐘聲，在悄然無聲的房間裡，顯得特別響亮。膽小的我每次都嚇得屁股從坐墊上跳起好幾公分高。然後害羞的左右確認一下，有沒有人看見。

待膩了，膽怯了，我就走出客廳，來到隔著玄關、在另一側的爺爺奶奶房間。朝著拉門敞開的房間張望。奶奶兩腳伸直坐在電視機前，拿著紙扇搧著胸口，邊看高中棒球轉播。口裡叨唸著好熱、好熱，真熱啊，一邊用掛在脖子上的毛巾擦汗，幫本地的高崎商工加油。我一來，她便縮起腳換成側坐，把自己的位子讓出一點說，來來，到奶奶身邊坐。讓我坐進貴賓席。我坐在奶奶隔壁，用她給我的扇子搧臉。髮根滲出的汗受了風涼絲絲的，好舒服。

喜歡棒球嗎？奶奶問我。我說，我有加入西武獅之友會。我並非喜歡棒球，只想要班上男生戴的藍帽子，和麥迪遜型漆皮提包。不過我沒提。趁著還沒露出馬腳前，我把話題轉開，對著映在電視畫面的內容，隨便找話說。奶奶聽到我問起地方上的事，很是高興。聊起高崎和前橋最強的高中是哪一所，那些高中在最近春季和幾年前打到半準決賽等，她一面看著電視畫面，不時大聲發出「啊」、「很好」。棒球的話題還不如觀察奶奶跟外公如何相似來得有趣。坐在她身邊，完全不會覺得面對一個幾乎不認識的人。離開家人本應是件快樂的事，但猛一瞬間還是會感到寂寞。與奶奶坐在一起閒聊看電視，多少沖淡了一點分離的愁緒。

高崎的夏天比東京還熱，日照強烈的午後，秋姨叫我們在涼快的家裡玩。即使著色圖之外，只有男生的玩具，我還是玩得樂此不疲。玩積木或英雄模型公仔，或是玩「忍者哈特利」。小文很得意的說，我會學影千代（譯註：《忍者哈特利》中的忍者貓角色）喲。小讓和我故意起鬨：快學、快學。小文稍微歪著頭，用沙啞的聲音叫了「喵力」，立刻整個臉頰脹得通紅。雖然一點也不像，但實在太可愛，我們兩人都用力的拍手叫好。那天開始，只要說「學那個」，小文就會搖搖晃晃走到我面前，「喵力」一叫然後害羞。只不過兩星期，但我們便共享了只要在一起就一定會做的規矩、流行、暗語。我的口語中也出現了高崎腔特有的微妙語尾特徵。

去購物途中，開車的秋姨指著駕駛座的窗外，對後座的我說，你看，那就是卡帕皮亞。說起來，決定來秋姨家住的時候，母親就告訴我：「阿姨會帶你去卡帕皮亞哦！」窗外，濃烈夏天日光照射下的深綠色樹林間，隱約看得到一座淺藍色粗管和黃、紅細管交纏在一起的大型滑水台，就像在豐島園看到的那種。這裡有五十公尺的游泳池哦。還有流動式泳池，和一種滑水道式的溜梯。秋姨盯視著前方告訴我。下個星期天，我們找新保的秋子一起去。

母親有兩個堂姊妹都叫秋子。堂親戚多達二十人，剛好同名也只好認了。不過難道沒有別的名字可以取嗎？親戚們用兩人住的鎮來區分，叫她們江木的秋子和新保的秋子。母親則用獨特的叫法，要我把江木的秋子叫成秋姨，新保的秋子叫成小秋子。我抗議，哎，哪有叫大人「小」的嘛。媽媽不在意，說：沒關係，因為那孩子年紀最小。

星期天，到達卡帕皮亞之後，小讓和小文也一起進了女更衣室。脫下外衣，露出穿在裡面的泳衣。走出更衣室，秋姨帶著小讓和小文到幼兒池，我則和小秋子一起到五十公尺池。進入泳池前，小秋子跟我說，雖然兩端的深度跟學校相同，但中間會深很多，要小心哦。我答道，沒關係，我不會游直的。去年夏天，以前一直是游泳社成員的母親，本來要教我游泳，可是我怕學不會會被她罵，就逃走了。母親頭痛了很久，今年幫我報名游泳學校的短期密集班。來到高崎之前，我才剛學會不換氣的自由式和仰泳。

我決定在泳池淺水處橫向穿越水道。先嘗試仰泳吧。仰泳因為面朝上，不用換氣。我給自己訂了規則，只要不站起來游到對岸就算及格。

估量著前進方向沒什麼人之後，我仰面靜靜的朝池底蹬開。手緊貼在耳朵旁，保持這個姿勢，只用腳上下打水。我把下巴縮緊，直到看得到自己的肚臍，也看到沾濕就會變黑的藏青泳裝左胸口的白色名牌，和手寫的自己名字。然後又稍微抬起下巴，讓視線從自己的網帽，使勁看向行進方向。緩而不停的反覆做著右手向側邊放下，貼在大腿側，再舉起，放下左手的動作。雙腳繼續踢著腿。等掌握住節奏之後，再緩緩的將視線移到正面，眺望輪廓特別鮮明的雲朵。耳中充斥著池水啪打啪打，和自己「哈——哈——」的呼吸聲。因為飄浮、天空的顏色，和得在只能聽到自己呼吸的地方，讓我來高崎第一次獨處，並且如釋重負。快樂但寂寞的感覺太複雜，令我身心俱疲。既然都會寂寞，不如孤獨一個人倒還輕鬆些。

身體前面感受的日光和空氣的熱度，與背面感受的水底沁涼正好維持了平衡。在人們動作泛起小水波的蕩漾下，我不知道自己游了多遠。想像著自己獨自一人飄浮在廣大海洋中間，緩緩往對岸游去。可是這裡和室內的游泳學校不同，天花板並沒有在剩餘五公尺處懸掛記號旗幟。我思忖著應該已經快到對岸，於是在右手伸向前時順便用手指去探尋。然而，什麼也沒觸到。仰泳時，若不留神池邊牆一直往前游，有時會戳到手指，或是手背猛力打到池邊，甚至頭頂硬生生的撞上去，所以我有些害怕，越來越近的牆讓我漸漸不安起來，決定放棄最初的目標，在半途站立起來。

當腳接觸地面的同時，我的頭也一整個沒入水中。因為完全出乎預料，我喝了幾口水。使勁衝出水面，吸了一口氣，往四周瞄了一下，才發現自己從剛才出發的地點大幅偏向左邊了。因為上方是一片晴空，所以沒有注意到，但我似乎是彎向左邊的游著。而且，現在想站立的地點正是泳池最深的一百四十公分處。全身再次沉入水中，壓根兒沒有想到可以簡單的用力沉到水底，蹬腳回彈，或是再次仰出水面呼吸。只是對自己面對的場面大驚失色，雙手拚命想把抓不到的水往下壓，腳也亂踢亂蹬。我對著附近的幾個大人，擠出聲音大叫救命。儘管想叫，但只發出說話般的音量。而且每一次開口，就會喝進少許的水。稍遠處的大人們只是不可思議的表情注視著我，甚至還對我微笑。為什麼不救我呢？簡直就像我經常做的惡夢，沒有大人來救我一樣。也許我就這樣死了。想到這裡，心裡驚慌不已，但卻湧不出任何害怕或傷心的情緒。原來我將死之際，旁邊的人笑得好開心，天空陽光普照。這麼理所當然的事實，當自己一旦遭遇到時，與其傷心，反而感到驚嘆。同時也覺得，在一個自己消失也沒有人會真正傷心的地方孤獨死去，是多麼凄涼的事。這些並不是在思路清晰下，一一思索到的念頭，而是在它們形成字句之前一一閃過我的腦海。就在這時，遠處有人排開人群，在水中大步向我走來。我看到一個燙過的頭髮沾了水變成鬈鬈頭的女人，是小秋子。她從遠處伸出胖墩墩的手，把溺水的我用力抓起來，像抱貝比一樣橫抱起我，低頭只問了一句，沒事嗎？然後沒等我的回答，就直接望著來時的方向，再次大步走回去。

倚著小秋子巨大的身軀，我回過頭，原來我離對面的牆只差五、六公尺。得救的喜悅立刻轉為對自己失敗的羞愧，連耳根子都熱起來。而經過那些剛才笑看我溺水的人們時，還能聽到他們不干己事的說著，欸，幸好呢。或是，哎喲喲，真危險哪。平時認生的我，此時緊緊攀著今早之前根本不認得的小秋子，心裡鬆了一口氣。不禁想到長相、體型，可能連性格都完全不相似的小秋子和我，彼此的媽媽和外公竟然是兄妹，實在是破天荒的稀有命運。籠罩在水面反射的光線中，我感覺到我們是泳池中最特別的兩個人。

回到家，奶奶驚恐的問，哎喲，沒事嗎？誰也沒有對我出的糗大發脾氣，事件就這麼簡單的結束。那天晚上，秋姨打電話給母親，告知我溺水的事。還好媽媽沒生氣，但她一笑置之的態度令人不快。在那當下，我深深覺得小秋子比母親更在乎我的存在。雖然很累，但是到了晚上，對自己出了大事的感覺，似乎也淡薄多了。

除了那個事件外，每天都過得十分平靜。然後，終於來到回家的前一天，還是沒有任何變化。早餐吃吐司，十點吃魚肝油。然後到附近晃晃。小讓和小文睡午覺的時間，我跟奶奶看高中棒球。只是不論做什麼事，大人都會加一句「最後一次了呢」。因為最後一次，所以魚肝油變兩粒，或是因為最後一次了，吃飽點。我曬成了黑炭，說話帶了上州腔，電話裡聽到我說「大家都好嗎該」「是這樣的沙」，母親和外婆都哈哈大笑。

晚飯比平時豪華了一點，一道道都是我在這裡時最喜歡的鄉間料理。奶奶客氣的笑說：「在東京就算吃不到這些，也有很多好吃的東西吧。」但又一面叫我多添飯。接著洗了淋浴，我和小讓、小文換上睡衣從緣廊跳到庭院裡。最後一天決定要放煙火。看完高崎祭的煙火之後，孩子們吵著想再看一次，所以秋姨答應了我們。快點快點，在大家催促下，正在洗衣服的秋姨，和正在看電視的良叔也都從玄關走出庭院。秋姨從圍裙的口袋裡拿出爺爺的打火機，在玄關到門的踏腳石處點起了蠟燭。然後把它斜倒，在石頭上啵、啵的滴幾滴融化的蠟油，把蠟燭直立。良叔拿著藍水桶到緣廊邊的戶外水龍頭接水過來。然後把兩組煙花包打開，整齊排好，組成圓形。孩子們拿起各自選的煙火，小讓和小文選了畫有雷公的紙板煙火，發出砰砰的驚人爆炸聲，而且激烈的煙火還會不定向的朝四處飛射，是我討厭的種類。我自己選了類似仙女棒的煙火，會呈圓形散放出樹根般纖細的白色安靜火花。瀝青色的火藥附著在鐵絲末端，像支大車前草。但是，最喜歡的還是留到最後再放吧，我思量了一下，改拿了黃色與金屬粉條紋圖案的紙煙火。這種會噴出紅或綠火焰的煙火，在我看來並沒有什麼特別。頭頂點火用的薄紙，伸出成男人的髮髻狀，顯得很蠢。

三人爭先把煙火湊到燭火上點，所以老是點不著。年長的我負責指揮，讓最小的小文先來，按順序點著之後，直接往後退，回到原本圍成的圓環上。黑暗的庭院裡，綠和粉紅色的火花陸續閃出火光，照亮了小讓和小文歡喜的臉。飛散的煙火在落地之前消失。我說，三個人的煙花不能有任一支點不著哦，然後兩手拿起煙火，小讓和小文見狀也想仿效。秋姨說，小文還太小，別玩了吧。

我們又叫又笑。明天必須回家，所以得盡情享受剩餘的時光。這種焦躁感與可以真正回到常軌的放心感，同時出現在心中。僅僅兩個星期的時光，我和小讓、小文的關係也變得複雜。對於我對小文無條件的疼愛，小讓有點吃味。小讓因此努力想討好我，令我有時會想疏遠他。一直很溫順的小讓，如果能像弟弟那樣對我任性，或說大話，我就能跟他吵架了。想破壞他溫順的念頭，與悲哀的念頭同時在心裡滋生，但又不懂它的意義，心情便更加煩躁。現在我知道，悲哀是因為小讓很像我。這個夏天的經歷，不只對我而言不尋常，因為我的到來，那個家庭的每一天也變成彷似尋常的不尋常了。

與煙火一同升起的煙，似乎引導注視它的人進入內省的世界。外表看起來歡鬧，但心中卻有千百種思緒在翻滾。只有在狗屋旁搖著尾巴的帕可，無憂無愁，只為到齊的一家人和煙火的光芒而興奮，不是把狗屋前的洞扒得更大，就是全身在土堆裡翻扭。可能是大量煙火一起點著，樹林圍繞的玄關前庭院，一時煙霧瀰漫。白煙後方隱約看見良叔回到爺爺在的客廳，一起繼續觀賞夜場比賽。

起風了，白煙吹向下風處的我。凝視著手中的煙火從綠轉變成粉紅的火焰，我不禁被吸進黑與光強烈的對比中。煙火大肆吐出白煙，撲上了我的臉。反射性的閉上眼皮，雖然躲過薰眼的煙，但嘴巴卻猛地吸了一口。嘴裡嘗到臭臭的味道，彷彿煙已充滿在胸和背之間的空洞。味道好嗆啊，心裡思忖著抬起頭。站在緣廊附近的秋姨微笑的喚著小讓和小文。兩人拿著煙火，只轉過頭對母親說了什麼。三人雖然看起來樂在其中，但我對毫無大叫、哭笑、嘲諷、惡作劇的平和關係，感到些許距離。心想，我們雖然血脈相連，但卻是南轅北轍呢。血緣和親密之間究竟有什麼關係呢？家人是因為血緣才成為家人嗎？還是因為每天都在一起，才成為家人？我與眼前這些雖有血緣，但幾乎第一次說話的人們，到底該保持多大的距離感呢？

稍微吸到一點煙，肺癢起來。我想起弟弟哮喘發作時，常說胸口癢癢的。不論抓胸口、搔背都到不了的地方正發著癢，還聽得見身體裡發出咻咻的門邊風聲。為了聽那聲音，我深呼吸了一下，又吸入新的煙。些微的不適感立刻轉變為恐懼。開始痛苦、發出怪音的咳嗽起來。呼吸也變淺了不少。現在很難假裝不在意煙霧，繼續放煙火了，滿腦子只想著該在什麼恰當時機告訴大人我吸到煙。說不定無法呼吸，就這麼死了。明天就要見到的爸爸、媽媽、弟弟，也無法再見面了。我把手上燃燒中的煙火浸到水桶的水裡，發出嗆鼻的氣味。留到最後才放的鐵絲煙火，還原封不動的收在地面上的煙火包中。我發出胸腔回響的咳嗽，走到緣廊旁的秋姨身邊。

煙火大會中止，秋姨看似擔心的微笑說，難受的話就說出來，別忍耐哦。她走進屋裡，幫我打開蒸氣式吸入器。爺爺和奶奶早就回房了，我一個人坐在關了電視的客廳茶几，蒸氣已經從漏斗式的嘴濛濛的噴出，我把嘴對準吸入器，靜坐不動。小文剛才被良叔帶到二樓。留下的小讓擔心的問「姊姊很難受嗎」，在我身邊繞了一會兒，不過現在不見人影了。母親打電話來確定明天接我的事，秋姨笑著說起我第二度差點死掉的經驗。

我將雙手扶在漏斗部分，固定住臉的位置，只有眼睛四處滴溜的轉，張望這度過兩星期的家。電視機上的蕾絲編織；上方用廣告紙折的白鶴；放在櫥櫃中、與外婆家相同的威士忌大叔型牙籤盒；櫃子裡的魚肝油，旁邊的不倒翁；跟母親用的一模一樣的廚房砂糖罐；窗框的形狀；沒有開關的銀色收音機。那時，擺鐘「噹、噹」的開始敲響。快點開始數。我只看得到超出柱子的斜後部分。趕忙開始數鐘響。鐘聲戛然而止時，我一隻隻折彎的手指數完一圈，又張開成布形了。我凝視著張開的左手掌，發了半天愣，還是無法不在意。於是把嘴離開吸入器，閃開朝臉噴出來的白色蒸氣。伸長脖子，確認櫥櫃上擺的數位鬧鐘顯示的是十點二分，才又坐回原來姿勢，再次靜坐。舒服一點沒有？秋姨從走廊走回來，我把嘴離開吸入器點點頭。咦，嘴巴周圍多了個印子啦。秋姨粉紅色的臉龐噗哧的笑了。

名為花的盒子

處理外公的東西，應該是真的有意要住那個房子吧，母親在話筒那一側說道。唉，終於還是來了，我把握在左手的話筒換到右手，試圖整理快要沮喪起來的心情。聽著叨叨不絕的母親聲音，快速的在腦中計算。外公逝世已經半年多了。生前誰都不屑一顧，連打掃都懶得做的那間房子，也該到可以整理的時候。二十歲的表弟想把不用的物品全都處理掉，讓那裡住起來舒服一點。

二十年前，外公剛搬到那個家時，把剛過世妻子，也就是我外婆的隨身物品，幾乎原封不動的搬到新居來。並不是預定在新家給誰來用，只是保存起來做為紀念。此後，母親只要想起什麼，就不時回去選幾件帶回來。除此之外，誰也沒去碰過，任它默默的積了一層灰。而終於連第二位擁有者都逝去的今日，走投無路的只能在無主的家裡寂寞的漂流。

對想不起外婆面容的年幼表弟來說，這些都是沒有意義的物品。上了亮光漆的深褐木質鏡台，即使發現抽屜裡躺著一支生鏽的髮夾，但如果沒辦法想像五十歲的外婆跪坐在舊家客廳這面鏡子前，歪著頭想用它別好染成全黑鬈髮的背影，那它就只是一件垃圾。把這些不能永遠保存下來的物品們一一撫過，再親手埋葬它，是母親和我的工作。我的心裡有這份自負。

薄薄披著一層灰色塵埃的二樓房間，母親負責整理棉被櫃，我負責書櫃。好幾次，得用右手擋住灰塵過敏刺激出的噴嚏。擋不住而流出的鼻水，就用可能外公用剩的、擱了好久而被太陽曬成乾巴巴的衛生紙擦掉。把外公放在書櫃前面的漢詩讀本移開，裡面露出了應是外婆所有的女流作家全集。接著，有一櫃都是平放堆積的盒子和信封。打開來，雜用紙張的空隙，找出平成十年以前的手機帳單等。一件有價值的東西都沒有。不過從帳單五位數的金額，彷彿可以看到用宏亮的聲音對著電話說敬語的外公的臉，從收取印章，也可看到站在郵局窗口話家常的外公頭上戴的白色網紋鴨舌帽。這些記憶不論多昂貴的物品都難以替代。但是從客觀來看，這些已都是垃圾了。我把心一橫，雙手伸進書櫃，將紙類一一掃進垃圾袋。裡面悄悄的掩藏了一個淡粉紅色紙盒。

大約有A5大小吧。深七公分左右的紙盒，輕輕一搖時會發出咔擦咔擦的聲音。重量比外觀沉得多。盒蓋的幾朵小百合花做了壓模，用手撫過有微微的凹凸感。其中有一朵百合比其他大了一些，被設置在金色長方形上。金色長方形在盒子側面彎折了一．五公分。那裡用羅馬字印著化妝品公司的名字。那一面和呈直角的另一面日曬經久，粉紅底色已經褪成全白。蓋子的中心用油性筆潦草的寫著一個「花」字，是外婆的字跡。

我用雙手捧住嬰孩臉的姿勢把盒蓋輕輕拉開，裡面收藏著三乘五吋的照片，像遊戲紙牌般分成兩束。媽媽，這些外婆的照片要怎麼處理？我大聲問母親。她正在隔壁和室，把上半身伸進棉被櫃中，拉出外公為住在照護中心而寫著大大名字的睡衣和運動褲。母親抱著成堆的衣物塞進塑膠袋，然後走到我這邊，跨過腳下一片雜亂的書，探頭看我手上的盒子。不需要了，丟掉吧。她知道我捨不得丟這種沒有意義的東西，所以故意那麼說，又轉頭回和室。從那一刻開始，外婆的照片屬於我了。姑且從兩束照片中取出一束，盒子先放在桌上，便站著欣賞起照片。幾乎全是似曾相識的某些花和花壇、花盆的照片。背景是外婆生前居住的鷺宮家和院子。突然間，我想起極其愛花的外婆，拿著玩具似的照相機，將院子裡繽紛盛開的花朵一一收進照片中的模樣。

因為靠得太近，粉紅色糊掉的仙客萊、閃光燈太強曝掉的石楠花、光線不足整體呈現褪色色調的茶花和曇花的照片，有些在右下角有橘色的日期顯示，有些沒有。那些日期幾乎都是八〇年代前半到中期，只有極少數是不但花朵粉紅嬌豔，構圖也相當不錯的照片。那些一定是難得在家的舅舅，用自己的單眼相機拍的。

可能底片有剩，那裡面還混雜了王選手發表退休宣言，離開球場時抱著花束的電視畫面、攀住黑電話轉盤的阿蘇兒豆豆、拿軟膠製鹹蛋超人玩偶在玩的弟弟照片。不久，出現了一張從入口拍攝庭院全景的照片，驀然充滿了懷念。因為我想起以前常在外婆做園藝時跑來打擾玩耍的情景。

外婆的院子位在兩層木造樓房的南側，細長小巧。在東京都內能租到這種房子堪稱幸運，而且因為隔壁成了空地，使院子的侷促沒那麼明顯。每年到了夏天，院子裡植物茂密叢生，在我這小孩的眼中，就像個叢林。

屋裡位置最裡面的起居間，有個小小的緣廊。外婆會從廚房圍著圍裙，擦著濕手走進起居間，經過我身邊走出緣廊，從那兒下到院子裡。她會在風雨或烈日曝曬下，表面變得粗糙的琥珀色木板跪坐下來，把上半身彎到廊下，拿出藏著避雨的庭院用拖鞋，穿上它，進入眼前的小雜物間。那裡面塞滿外婆園藝工作用的用具、放在塑膠袋裡的土和肥料，和狗飼料。它只是木材骨架釘上藍色波浪板組成的簡樸建築。打開門，土壤、狗食和霉味混和的氣味迎面而來。裡面雖然窄小，但是搭了層板，經過清理，看起來反而相當空盪。外婆做事一向井井有條，她甚至可以說出洗好澡要穿抽屜中自上數來的第幾件內衣，很討厭自己的空間整理好後無秩序的侵入，因此不准我進雜物間。有一次，我像平常一樣，從外婆屁股的陰影偷看裡面，地上擺著好幾個木製鳥籠。據說在我出生很久之前，飼養過近兩百隻金絲雀，去參加過鳥鳴大賽。

面對雜物間往右，四角形混凝土石板一路鋪到面對私有道路的門口。石板道之外的地方，不是種了茂密的植物就是排列著盆栽。外婆走到庭院裡時，會在其中的空隙彷彿遺落似的留下鏟子、腐葉土的袋子、塑膠花灑。她嚴格禁止我們走在石板之外的地方。

庭院並非雜亂無章，老以外婆獨特的規則保有秩序。雜物間旁放著外公釘製的雙層木架。上層放了盆花，下層按尺寸大小放著堆疊的倒扣空花盆，靜靜等待新花苗的出場。沿石板道前進，在緣廊的末端有個出水口。外婆在水龍頭接了如同粉蠟筆般的藍色長塑膠水管，用以在庭院灑水。水管的藍和綠與褐的庭院十分相襯。用久之後兩端的管口逐漸裂開，所以偶爾要用剪刀剪掉。於是它越來越短，某個週末，它忽然消失了蹤影，不久後換上了半透明綠，並且套上補強用網套、卻不好看的新水管。那條水管纏繞在捲盤上，轉啊轉的不斷拉長的樣子，很像消防車，弟弟甚為喜愛。

水管旁沿著屋牆，用三合板做了一個梯形層架。共有三層，最高到外婆勉強搆得到的地方，寬度到外公房間的窗口旁為止，約有兩公尺。整齊的羅列了素燒盆花。光是那個層架，就有約二十盆以上的植物。梯形層架前，有個小平台，用兩片寬二十～三十公分的木板搭成，那裡只放盆栽。

背對雜物間的左手，種了幾棵大樹，做為隔壁停車場用地的遮屏。最裡面是櫻花，接著是低矮、營養不良的華箬竹。另外好像還有長了毛的硬皮、葉子尖硬的樹，可能是棕櫚吧。小型杉木一株，其他，還有些表面光滑渾圓，葉片肥厚的樹。地面用河邊撿來的石頭、紅磚埋成圓形，將那些樹的根部團團圍住。附近還有少數虎耳草、魚腥草等好的雜草。外婆在柵欄外也擺了一排花盆。可能很早以前就這麼擺了，房東也全然不介意。但是為了保有庭園，連曬衣竿也都放到柵欄外去。

入口用了漆成和柵欄同樣黑色的鐵柵門。不但重而且不好關，開關門都需要用上極大的力氣。可能是因為天氣的因素，有一次，還是小孩的我怎麼樣也推不動那扇門。關上門之後，手心一陣發麻，仔細一瞧，竟已腫脹通紅，還出現硬硬的皺紋，好像剛吊完單槓似的。有時候手掌滲了汗，還會黏著生鏽剝落的油漆屑。視線從自己兩隻手往上移，上方則有一道拱形的爬藤玫瑰，枝繁葉茂彷彿在歡迎賓客到來。

梯形層架與門之間是狗的住屋。入口的柵門，同時也發揮犬檻的效果。最先住在這裡的是柯基犬阿里，後來是秋田犬富士。門旁的矮牆上還是排放著小盆花。

我認為這個庭院一點也不美。個子瘦小的孩子看來都嫌太窄的地方，密集種植了蒼翠蓊鬱的各類植物，總覺得過度擁擠，不太協調。細部雖然都很整齊，但可能是栽植了太多種花，整個庭院缺乏統一感。而一株株花卉沒有種在地上，而是拘束的種在庸俗的花盆裡，也令人生厭。

由於那屋子是租來的，可能兩老是為了臨時有個萬一，所以才把花養在花盆裡吧。也或許是身為園藝高手的外婆，種出來的植物都不敵強烈日光或寒霜，有必要處於隨時搬進屋裡避難的狀態吧。關於外婆的園藝工作，我有太多的不解。為什麼外婆鍾愛種植氣派的花？紅色鬱金香、黃色的三色堇、粉紅的大波斯菊、藍紫色的虞美人、洋紅色的雛菊、君子蘭、蟹爪蘭、秋海棠、劍蘭、仙克萊、曇花。這些真的是外婆喜歡的花嗎？也許就像一旦玩起拼圖，進展到高難度時，對圖案的內容便不再計較。對外婆來說，也許她鍾愛的花就是很難栽培的花吧。而讓它們開花，就成為外婆的驕傲和生存價值所在。

外婆對栽培曇花這種開出碗大白花的植物，特別熱中。粉紅色盒子裡雖然僅有幾張照片，但我知道外婆對這棵只開一次，而且是在夜間開過後就結束的花，拍了相當多照片。週末夜，即使一家人吃完了晚飯，正在客廳看電視休息的時間，只要曇花一開，外婆就會把我們叫到二樓窗邊，炫耀她的花。為了保護高八十公分的花莖，她在花盆插了三根綠色塑膠支柱，再用白色膠帶將花莖固定在正中央。我沒有辦法將那近似繃帶般滑稽的裝置排除在視野外，發揮想像力只欣賞花的美麗。然而，外婆在螢光燈下，興奮宛如少女。一再不停說著，很美對吧，很美對吧。無法移開視線良久。我想在她的眼裡，只看到這朵雪白曇花在巴西還是哪裡、為黑夜所籠罩的美麗叢林中，於月光照耀下亭亭玉立的姿態吧。

不知道何時向什麼人學的，外婆開始懂得用正片為曇花攝影，然後坐在客廳電視前，整理用幻燈片夾夾好，排列在盒裡的底片。外婆經常拿著放大鏡，一一檢視細長盒子裡排成一列的曇花幻燈片。我也不時從中借一張來，透著窗外灑進來的光欣賞。透明的底片中，如電影的一景般映出一朵大白花，感覺好像看到了什麼具有特別價值的事物。外婆對這些底片視如珍寶，不讓人隨意把玩，也給了我這些幻燈片價值非凡的印象。即使如此，外婆還是從精挑細選的照片中，挑了兩三張不要的給我。那些照片，照理說應該放入寶貝盒裡，精心保管才是，但不知何時散失了，現在已無處可找。

我喜愛的只是幻燈片本身，但討厭曇花。原產自中南美洲的曇花，看起來就像傳奇故事中有張大嘴的花，會吃掉愛說話的小孩。在我眼中風格低級的花，外婆卻是竭盡心力的呵護培育。根部密集長著大心形葉，其上伸出數根菠菜般的長莖，頂部纖弱的垂掛著新開花朵的仙客萊，看起來就像是修剪過的貴賓狗。而蟹爪蘭葉的形狀，與其說是植物，更像螃蟹等甲殼類的腳。這些植物既不可愛又費工夫，所以我總是感到詫異，為什麼外婆要種它們呢。喜歡滿天星和非洲菊的我，也許喜好就和不懂青椒、咖啡美味所在的小孩一樣。

夏天傍晚，外婆一定會到庭院裡。她常告訴我，澆花一定得在陽光普照前的清晨，或是太陽西斜的傍晚。她伏下上半身，拿出緣廊下的拖鞋穿上，點了蚊香，在一旁的水龍頭插上塑膠水管，骨碌骨碌的轉著水管輪盤，在末端裝上柄長三十公分的灑水口。然後細心的為院子裡的植物灑水。一天即將結束，在電視機前打發時間、等待晚飯的我和弟弟，會在玄關穿上鞋，等母親幫我們噴上防蟲噴霧，從鐵柵門進入院子幫外婆忙。終於風兒轉涼的夏日傍晚，我們一面打著白紋的蚊子，一面跟在外婆身後。水管的水濡濕了地面，我深深呼吸著濕土散發的香氣。碧翠濃密的葉片沾著水滴的模樣，看起來多麼沁涼，甚而令人感覺燠熱的一天恍如一場夢。勾勒出弧形的水柱出現虹彩時，我們歡笑尖叫，按著順序鑽過它的下方。外婆從狗屋裡拉出富士，把牠綁在屋旁的電線柱上。牠對我們的歡呼羨慕的不停搖尾。

小盆花的部分，則用手持花灑一一小心的澆水。若是我和弟弟想做，外婆必會跟在一旁，發出指示：澆到水從盆底流出來，或是，這棵花不用澆等等。全部澆完之後，院裡只剩外婆一人，便把富士再次牽回狗屋，使出全力把重鐵柵門拉過來關上。然後又從緣廊進屋，回去準備晚飯。我則從關閉的柵門外，觀賞葉面濕潤彷彿剛下過雨的庭院植物，變得比剛才更加翠綠，反射夕陽的橘色，閃閃發光的樣子。

弟弟早早看膩，在屋前的步道上對著牆踢球。我們就在那裡玩到四周昏暗下來，或是母親來叫我們吃晚飯。

下西北雨的日子不澆水。外婆和我最愛打雷，雷聲一動，兩人便一起坐在客廳紗門前，搧著紙扇等閃電。雨隨著濕熱的風一起降下，千軍萬馬般落在庭院的植物上。外婆最寶貝的盆花，早已移到屋簷下，或是鋪了報紙的榻榻米上避難。雨絲穿過紗門灑進屋裡來，把我們的臉和手臂淋得濕濕涼涼的。好舒服呀。外婆看著屋外咕噥了一語後，兩人俱都沉默。一起欣賞雷聲離去的樣子。

西北雨停歇，外婆走出庭院，把收起來的盆花歸位，檢視沒收進來的花盆和院裡的植物。我匆匆在玄關穿了鞋，從大門跑進庭院。然後停下腳步。在梯架下，跑出一隻比棕刷還大一號的蟾蜍。外婆走到傻站的我身邊，用上州腔說，這隻是住在緣廊下的庭主，別去打擾他。然後露出看到什麼趣聞的表情，又往後面走去。只是不知有趣的是那隻蛙，還是我的模樣。我站在那裡半晌，打量著庭院的主人。背色綠黑的蛙，睜著烏溜清澈的眼睛，一動也不動的凝視著正前方。過了一會兒，習慣之後，我跨出一小步，再走近一步。到某個距離時，那隻蛙突然像不會游泳的人游蛙式般，大幅伸出四肢，潛到梯架下面去了。

外婆栽培的植物當中，我最喜歡綠鈴和圓葉海棠。綠鈴是一種原產於南非，一顆顆珍珠大的圓球狀葉附著於莖，如項鍊般垂掛成長的有趣植物。外婆把它栽培在吊式的花架，掛在屋簷下。長莖會長到花架外，如髮絲般垂落下來。很長一段時間，我都以為愛吃豆子飯的外婆，種的是青豆。

圓葉海棠在梯架前的盆栽台上有兩盆，種在一個四方形焦褐色盆栽缽裡，大約有父親以前用的鋁便當盒那麼大。這種有如立體模型大的樹，一旦天氣變冷，就會結出小嬰兒手掌般大的果實。果實雖小卻不含糊。與蘋果樹相比，果實相對於樹幹來說，有點太大，不過模樣就和蘋果一模一樣。一旦到了那時期，我就會黏著外婆到庭院裡，要她摘給我。儘管外婆說了那不能吃，我也不依。外婆只好用剪刀從枝頭剪了一顆海棠果給我。我用襯衫擦了擦比櫻桃大一點的果實，一口咬下。酸澀的汁液一在口中擴散，便忍不住吐在地上。跪坐在緣廊的外婆和母親仰頭大笑。

外公家的整理作業，我這邊完全中斷了。我把粉紅盒子擺在地上，盤腿坐在旁邊，把裡面的照片一張張拿出來翻看。那是令人懷念的半光澤霧面相片。我自己在洗三乘五相片時，無意識的選擇霧面多於亮面，說不定就是因為外婆給我的照片一向都是霧面的。霧面不像亮面容易沾指紋，所以最適合怕髒的外婆吧。直到今天，我才恍然領悟這一點。像現在撫摸著二十多年前某人的照片時，這些相片紙本身比影像更令人喜愛。比底片都要可愛得多。不能加洗，也難於拷貝的霧面相片紙，就像孑然一身走遍天下的馬戲團員、舞者或江湖賣藝者，是既剛強又脆弱的存在。它自信十足的向我娓娓道來，想要將這世上絕無僅有、不值一提的平凡故事傳遞下去。彷彿它早已在即將傾圮的老人屋內、無主書櫃的一角，悄悄低吟這故事數十年頭般，對我說出這精確得近乎可怕的古老往事。

庭院入口的照片連續了三張，是以黑柵門外眺望整個庭院的構圖拍成，但我一直覺得門上最靠前面的茂密枝葉很礙眼。這才發現那就是小時候，我從發麻手心往上看到的玫瑰拱門。焦距雖然對的是庭院裡，但看來這張照片主要拍的是這棵攀藤玫瑰。三張並非完全相同。拱形的色調有著些許變化。第一張，以綠葉為背景，應該是花的淺紫紅色擴展到整個畫面。第二張，在翠綠的樹葉中，可以看到兩三處如同墨水漬般小小的淺紫紅。第三張中，剛才的粉紅點，再更散布到整體。做為補色的綠葉上，模糊的玫瑰紅出現了光暈，彷彿從二次元的世界浮凸出來般令人眩目。我把三張照片並排在布滿灰塵的粗糙地板上，隨意拿起一張翻到背面。上面用原子筆寫了 S54.5.31，其他兩張各別也標了 S54.5.29 和 S54.5.30 的日期。我按時間順序將它們排好。

這三張按照順序拍攝玫瑰初綻到盛開的照片，令我興奮莫名。僅僅三張照片，瞬間從一整個粉紅紙盒照片的懷舊意味中跳脫，讓我想到也許所有家人都以為外婆的園藝只是單純的嗜好，其實卻是她自我表現的一種手段。

腦海中漸漸浮現出一個六十開外的女子，默默的為玫瑰拱門澆水、除害蟲、剪去多餘的枝椏，晨昏檢視花蕾鼓起的狀況，自開始綻開的日子，天天早有準備按下快門的身影。也許對愛花之人來說，這是天經地義的事。但外婆如此精細又冷靜的賞花視線，令我心蕩神馳。花了那麼多心思留下的照片，對我吐露著非常明確而重要的秘密。那就是一枝玫瑰從初綻到接近盛開僅需三天的事實。那種驚奇可與從十個月緩緩膨脹的肚子裡，只花兩天就生出個完整的小人兒時相比擬。

我把粉紅盒子裡所有的照片鋪在地板上，尋找玫瑰拱門的照片，發現其他只有兩張沒附日期的照片。一張褪色比其他嚴重，整體已接近黃褐色的程度。只有玫瑰的紅閃閃發光。這張照片中，玫瑰藤還沒有遮蔽住整個門，一定是玫瑰第一次開時的照片。另一張比其他照片往後退了一點，拍到了最長的拱形，藤蔓如同起伏的龍身一般盤踞在大門的上空。這張可能是三連拍後的第二個花期拍的。

用拙劣相機拍攝、毫無特色的照片中，留下了外婆追逐花開的觀點，那是只有用心等花人才看得到的微小變化。我可以想像外婆每天在庭院這個小小樂園裡，為目睹的無言生命力所心折、憧憬，因而想將自己感受到的東西永遠留在身邊的心情。儘管她從出生就是人人口中得天獨厚的孩子，但從她的背影，我卻能看見直到過世前她所感受到的彆扭。她心愛的庭院裡滿溢著活生生的真實生命，那才真正令她感到充實豐沛。我靠在對面人家的牆邊注視著外婆，看著她站在黑柵門前想將這些生命收入長三十五釐米的小長方形中時，在微微春風吹拂下拖長的圍裙裙襬，和用左手整理亂髮的背影。照片是否一直在等待著我長大成人，到真正懂得其中意義的那天呢？現在，終於，它出現在眼前，靜靜傾訴著外婆不曾與任何人分享的熱情與感動。所有的回憶湧來，依然五十多歲的外婆，與不覺過了三十的現在的我，一起站在庭院中。彷彿問，那個與外婆第一次聊花，為外婆用單眼相機拍玫瑰的人，就是我。

後記

あとがき

找個漂亮的餅乾空盒，暫時把沒有整理過的家人照片擺進去，不知隔了多少年，又把它打開來欣賞。這就是我寫這本書時的心情。有了孩子之後，有時候早已遺忘的童年景象，會鮮活的甦醒過來。令人驚訝的是細部的清晰度，簡直就像看照片般，連瑣碎的風景區塊都看得一清二楚。既可拉近焦距，拉遠也可縱觀整體。

大概是六歲左右吧。外婆給了我一台壞掉的相機，我拿著沒裝底片的它，著迷的到處按快門。但是那畢竟只是行為的模仿，更具攝影性的，應該是底片、觀景窗全無，宛如用架在腳架上的大型相機或針孔相機長時間緩慢曝光般，孩子靜靜注目世界的視線吧。

我拍攝的大量照片中，同樣構圖的類似影像有幾個種類。對第一次拍攝場景感到懷念的，也許是因為那份作業，是追尋從前心愛事物的背影吧。我在想，有沒有辦法把那些事物源頭的記憶、沒拍到而永遠留在腦海的影像重新顯像呢？已經過去的事物無法留在相片上，但是如果寫成文章，就能把它重現了吧？這個想法成了我將本書中整理的故事書寫出來的契機。

說得容易，但寫作並沒有那麼順暢。第一篇〈背影的記憶〉，我寫了一年。經過兩年半，寫完了七篇，才決定在《群像》上連載。到成書為止，共花費了四年時間。

與攝影一樣，雖以身邊人物做為題材，但就像我所拍的自我肖像和家族照片並不是反映本人和本人生活的實相般，這裡所寫的故事，也並不是我實際經歷過的種種體驗。例如，有關外婆的回憶故事，是總結二十多年間我心中一再反覆出現的許多情節所寫成的。無需探究它的真實性有多少，重要的是，敲著鍵盤的過程中，我找尋著對自己而言比真實更在乎的東西。而我感覺找得到，是我曾視若無睹、擱置不理的許多情感。其實那時候是快樂、憤怒、想哭、後悔、愛過，這樣的心情，經由書寫，就像兩支閃光燈，在「我」出生存在的世界，與自己記憶的世界，完全同步的閃了光。每次寫作中發現它時，就感覺自己書寫的方向被照亮了，也逼迫我再一次或第一次去面對那份感情。這是一段非常有意義的時間，同時也是非常痛苦、疲憊的經驗。

看起來，我的父母「就如旁人一般」不費吹灰之力的把我和弟弟養育成人。但是，一旦寫到那時的片段，我才初次了解到，大人們也曾因為我的存在，而煩惱、生氣、喜悅和受傷。

成為母親後，這次換成我去品嘗以前一直從優勢立場旁觀的大人心情。我對書中寫到的有點率性的大人們，現在也都能帶著苦笑與同情給予共鳴。因為若是生活中沒有小孩來攪局，想必他們都會一直是個更瀟灑的大人吧。明知如此，卻還是選擇待在孩子身邊，我願為他們的勇氣鼓掌。

感謝一直信任我這個文學世界的門外漢，並且充滿耐心支持我書寫的群像編輯部三枝亮介先生、同為群像編輯部，告訴我讀者想法的須田美音女士、與「我」的堅持有著共鳴，為實現成書而奔走的文藝圖書第一出版部須藤崇史先生；為我設計出愛不釋手的包裝（譯註：此處指日文版）的設計師服部一成先生。最後，我要對在沖繩飲料店裡，對我說的故事真心感到有趣，在人生的齒輪上奇妙合搭，並為我按下開關鍵的作家角田光代女士，致上由衷的謝意。謝謝。

長島有里枝

二〇〇九年十月

長島有里枝 Nagashima Yurie

一九七三年生於東京。攝影家及作家。武藏野美術大學視覺傳達設計系畢業。一九九三年，以一張一家四口的全裸寫真得到以荒木經惟為首的評審委員青睞，獲得 Urbanart 攝影展 PARCO 賞，不僅打破該獎項最年輕得獎者紀錄，更是首位獲得該獎的女性，一夕之間成為全國目光的焦點。獲獎兩年後，她推出了第一本攝影集《YURIE NAGASHIMA》，其中收錄和 Urbanart 獲獎作同時期的作品，包括她的裸照，進一步吸引了世人的目光。同年，她得知母親罹患乳癌後，在自己清空的房間裡拍攝了一系列作品，象徵對目前為止的人生的道別，並附上以書信體撰寫的文章，集結成攝影集《empty white room》出版。

即使獲得了大獎及社會的高度矚目，且一連推出兩部作品，眾人的目光卻總聚焦於長島作品的獵奇性，而非她的出發點——透過攝影探究女性主義的實踐。在感到孤立無援、心理負荷已達極限的狀態下，她大學畢業後決定隻身赴美，後以日本文化廳新進藝術家在外研修員的身分至加州藝術學院（California Institute of the Arts）就讀，主修攝影，一九九九年取得藝術碩士學位後返日。

二〇〇〇年，她推出了從出道至赴美時期的作品全集《PASTIME PARADISE》，並於隔年以此獲得第二十六屆木村伊兵衛賞。因同年得獎的還有 HIROMIX 和蜷川實花兩位女性攝影師，三位女性攝影師同時獲獎，再次引起各界輿論的高度關注。此後，她經歷了結婚、生產、離婚等人生重大事件，因而以日本為據點，聚焦於「家族」、「性別」、「自我認同」、「性向」等主題持續創作至今。近年開始以作家身分展開活動，頗受好評。更於二〇一〇年以本書《背影的記憶》獲得該年度講談社散文賞及三島由紀夫賞提名。

「對家人、朋友等他人與自己之間的關係」抱持不信任感的長島，長年來的創作多以此為出發點。看似簡單，每張照片的中心概念其實都是經過精密的計算及思考所構築而成。即使是以親密的家人或好友為主題的攝影作品，也企圖以「親密」表達「疏離」與「孤獨」，並藉此持續「對人際關係的本質」提出強烈質疑。

長島有里枝主要作品：《YURIE NAGASHIMA》（一九九五年）、《empty white room》（一九九五年）、《PASTIME PARADISE》（二〇〇〇年）、《not six》（二〇〇四年）、「尋找家人」：《東京鐵塔：老媽和我，有時還有老爸》官方電影書（「家族を探して」『東京タワー：オカンとボクと、時々、オトン』オフィシャルシネマブック，二〇〇七年）。主要獎項：第二屆 Urbanart 攝影展 PARCO 賞（一九九三年）、木村伊兵衛賞（二〇〇一年）。講談社散文賞（二〇一〇年）、三島由紀夫賞提名（二〇一〇年）。

王志弘｜書系選書、設計｜平面設計師。一九七五年生於台北。一九九五年復興商工廣告設計科畢業。二〇〇〇年成立個人工作室，並先後於二〇〇八年、二〇一二年與出版社合作，自創INSIGHT、SOURCE書系，以設計、藝術為主題，引介如佐藤可士和、荒木經惟、原研哉、佐藤卓、草間彌生、橫尾忠則、中平卓馬、篠山紀信、川久保玲、山本耀司、細江英公、大竹伸朗、長島有里枝與奧托・艾舍等相關之作品。設計作品曾六度獲台北國際書展金蝶獎之金獎、香港ＨＫＤＡ葛西薰評審獎與銀獎、韓國坡州出版美術賞，並多次入選東京ＴＤＣ。

URL: http://wangzhihong.com

1｜鯨魚在噴水｜佐藤卓——著
2｜就是喜歡！草間彌生｜Pen編輯部——編
3｜海海人生！橫尾忠則自傳｜橫尾忠則——著（開卷好書獎）
4｜可士和式｜天野祐吉、佐藤可士和——著
5｜決鬥寫真論｜篠山紀信、中平卓馬——著
6｜COMME des GARÇONS研究｜南谷繪理子——著
7｜１９７２青春軍艦島｜大橋弘——著
8｜日本寫真50年｜大竹昭子——著
9｜製衣｜山本耀司——著
10｜背影的記憶｜長島有里枝——著
11｜真實的設計：荷蘭現代主義與視覺識別｜Wibo Bakker——著

SOURCE系列（一至七）榮獲二〇一四年韓國坡州出版美術賞

背影的記憶

背中の記憶

長島有里枝

譯者：陳嫺若
書系選書、設計：王志弘
發行人：涂玉雲
出版：臉譜出版

發行：英屬蓋曼群島商
家庭傳媒股份有限公司城邦分公司
台北市民生東路二段一四一號二樓
讀者服務專線：〇二—二五〇〇—七七一八
〇二—二五〇〇—七七一九
服務時間：週一至週五，〇九：三〇—一二：〇〇
一三：三〇—一七：三〇
二十四小時傳真服務：〇二—二五〇〇—一九九〇
〇二—二五〇〇—一九九一
讀者服務信箱：service@readingclub.com.tw
劃撥帳號：一九八六—三八一三 書虫股份有限公司
英屬蓋曼群島商家庭傳媒股份有限公司城邦分公司

城邦網址：www.cite.com.tw
臉譜推理星空網址：www.faces.com.tw

香港發行：城邦（香港）出版集團
香港灣仔軒尼詩道二三五號三樓
電話：八五二—二五〇八—六二三一
傳真：八五二—二五七八—九三三七
服務信箱：hkcite@biznetvigator.com

馬新發行：城邦（馬新）出版集團
Cite (M) Sdn. Bhd. (458372 U)
11, Jalan 30D/146, Desa Tasik, Sungai Besi,
57000 Kuala Lumpur, Malaysia
電話：六〇三—九〇五六—三八三三
傳真：六〇三—九〇五六—二八三三
服務信箱：citekl@cite.com.tw

初版一刷：二〇一四年十二月二日

國際書號：九七八—九八六—二三五—四〇三—二
定價：新台幣三五〇元・港幣一一七元